[青少年阅读文库]

# 家园的故事丛书

# 寻找植物

金　涛　孟庆枢　主编

【俄罗斯】帕乌斯托夫斯基

米·普里什文　著

广西科学技术出版社

## 图书在版编目（CIP）数据

寻找植物 / （俄罗斯）帕乌斯托夫斯基，（俄罗斯）米·普里什文著；胡真，王冰冰，何茂正译. —南宁：广西科学技术出版社，2012（2020.6重印）

（家园的故事丛书 / 金涛，孟庆枢主编）

ISBN 978-7-80666-184-0

Ⅰ. 寻⋯ Ⅱ. ①帕⋯ ②米⋯ ③胡⋯ Ⅲ. 短篇小说—作品集—俄罗斯—近代 Ⅳ. I512.44

中国版本图书馆 CIP 数据核字（2012）第 067985 号

作品名称：《寻找植物》
作　　者：帕乌斯托夫斯基 ©，米·普里什文 ©
版权中介：中华版权代理总公司
　　　　　俄罗斯著作权协会

**家园的故事丛书**
**寻找植物**
XUNZHAO ZHIWU

金涛　孟庆枢　主编

| | | | |
|---|---|---|---|
| **责任编辑** 饶　江 | | **封面设计** 龚　捷 | |
| **责任校对** 李文权 | | **责任印制** 韦文印 | |

**出 版 人**　卢培钊
**出版发行**　广西科学技术出版社
　　　　　　（南宁市东葛路 66 号　邮政编码 530023）
**印　　刷**　永清县晔盛亚胶印有限公司
　　　　　　（永清县工业区大良村西部　邮政编码 065600）
**开　　本**　700mm×950mm　1/16
**印　　张**　12
**字　　数**　109千字
**版次印次**　2020年 6 月第 1 版第 4 次
**书　　号**　ISBN 978-7-80666-184-0
**定　　价**　26.00 元

# 序　言

家园，是个闻之令人心驰神往的词。尤其是对于许多少小离家、浪迹天涯的游子，那是一个个具体的、鲜活的、渗透着欢乐与忧伤的画面和镜头。

家园，依我肤浅的理解，是留下先人足迹与血汗的故土，是每个人生命之河的源头，有时，也是多姿多彩的人生之旅中最难忘怀的小驿站。

固然，在每个人的心灵深处，对家园的诠释依人的阅历不同而异彩纷呈。

外婆的澎湖湾、故乡的田间小路、夜色初升时提着小灯笼在田野草丛中嬉戏的萤火虫、童年小伙伴扎猛子学游泳的小池塘、暴风雨中的电光和惊天动地的一声霹雳、天空中排成人字形的雁阵、除夕之夜的鞭炮声、雪花纷飞的冬夜、第一次背着书包踏进课堂的惶惑以及慈母的叹息、情人的热吻、婴儿的啼哭……所有这些刻骨铭心的记忆，无不是家园在我们心头

1

摄下的影像，随着岁月的流逝反而变得更加清晰。

对于家园的依恋，大约也是人性中无法改变的怀旧情结吧。

不过，对于人类整体而言，不管肤色、民族和国籍有怎样的差异，也不管文明的进化程度和意识形态有怎样的不同，我们都有一个共同的家园，即人类赖以生存的地球。

科学的发现和人类的历史都证明：地球，这颗宇宙中最美的星球是人类诞生的摇篮。地球上的山脉、河流、海洋、湖泊、岛屿、森林、草原、沙漠、田野……不仅为人类世世代代繁衍提供了生存空间，也为人类文明进步和社会发展贡献了源源不断的自然资源。地球上的空气、水和土地，是人类生存不可或缺的基本要素。至于千姿百态的花草树木和种类繁多的鸟兽虫鱼，不仅是人类生存的必需，也是人类的忠实伴侣。

人与地球的关系，从深层次探究，不仅仅限于地球赋予了人类生存发展的物质基础，在长达几万年或更悠长的历史进程中，地球的自然界也构成了人类的精神家园。山川的秀美、沧海的壮阔、日出日落的庄严、寒来暑往的韵美，乃至莺飞草长的无限春光、万物欣荣的繁华盛夏、秋风秋雨的万般愁思、雪压冬云的苍凉寂寞……凡此种种均深深植入人类的精神世界，幻化为艺术的创造、思念的思维、情感的寄托，最终成为人类生存的必要前提。

然而，时至今日，举目四望，人类的家园在风雨飘摇之中。被誉为"地球之肺"的热带雨林，在机器的轰鸣声中成为寸草不生的荒山秃岭，肥沃的土地因失去植被的庇护而水土流

家园的故事丛书

失，变成赤地千里的荒原；千千万万的飞禽走兽被捕杀殆尽，人们只能在博物馆的柜橱里看到它们的遗骸；昔日奔腾的江河已是毒液翻涌，变为死亡之河；一颗颗明珠般的美丽湖泊变得黯然失色，在无奈的悲伤中走向死亡；连浩瀚无垠的海洋也充满毒素，再也无法维持众多水族的生存；至于人类头顶的天空，空气混浊，酸雨霏霏，日渐撕碎的臭氧空洞，正在给人类带来防不胜防的灾祸……

这不是危言耸听。人类的家园到处响起了告急的警报：春风伴着遮天蔽日的烟尘四处肆虐，无情的滚滚流沙步步逼近繁华的城镇，江河泛滥、洪水滔滔，千里原野变为沼泽，旱魃的魔口在非洲每天吞噬成千上万条生命。至于水资源的匮乏、环境的污染、珍稀物种的灭绝、疾病的蔓延，已经不再是个别的事件了。

人类，也许只有在失去了美好的事物之后才会懂得珍惜。对于正在失去的家园，理智而未丧失良知的人开始奔走呼号，呼吁社会竭尽全力加以爱护，因为越来越多的人开始意识到，一旦人类毁弃了自己赖以立身的家园，最终毁灭的是人类自己。

我们正是怀着如此真诚的心情，选编了这套"家园的故事丛书"，这些体裁不同、风格迥异的作品，虽是出自不同国家的作家之手，然而他们都是以对大自然的关爱，从不同的侧面展示了人类家园的美丽。这里有对弱小生命细致入微的观察，也有对生态环境遭到污染的忧思；有从人与自然的和谐反思人性的偏颇，也有以诗一般的语言唤醒人的良知。总之，这些作品的共同主题是关爱我们人类的家园，倘若读者能从中受到感悟，从我做起，用心珍惜我们周围的一山一水、一草一木，使人与自然和睦相处，使人类的家园免遭厄运，永葆青春，那么我们的努力就达到了预期的目的。

**金涛　孟庆枢**
**于世界地球日**

# 目　　录

# 俄罗斯内地的故事

　　作为一个作家，有时候也真想随心所欲地写写短篇小说，不必去考虑语文教科书中规定的所谓"铁"的原则、"宝贵"的规律。

　　当然，这些原则和规律都是些蛮不错的金科玉律，有的时候它们还真能迫使作家将他模糊不清的思路引向准确构思的彼岸，接着又将这准确构思从容不迫地引向最终的结局，引向小说的结尾，就像河流将自己的河水引向开阔的河口。

　　很显然，并非所有文学创作的规则都体现在每一篇文章的每一个段落中，还有许多能生动地表达思想的方法，尽管它们还没有什么特定的名称。

　　20年前，莫斯科上映了一部有关雨的所谓实验电影，这部电影仅仅是为了实验而拍摄的。他们只给有关工作人员放这部影片，因为他们认为，普通观众看这部电影会打呵欠。

　　电影中展示了形形色色的雨：落在城里柏油路上的雨，落在树叶上的雨，白天的雨和夜晚的雨，倾盆大雨，毛毛细雨，

1

所谓的蘑菇雨，大晴天里的太阳雨，落进江河海洋的雨，落入水洼击起水泡的雨，落在奔驰于原野的列车上的雨，还有各种各样的积雨云……

我无法一一列举，但是，我对这部电影至今仍记忆犹新。这回忆使我在很长的一段时间里从平平常常的雨景中，强烈地领略到诗意，而此前我竟没有发现。以前，我像许多人一样，只对雨点击起的尘土味感到惊讶，却没有去聆听雨声，没有留意雨天的天空中或阴晦或柔和的色彩。

有什么能比发现离自己不远的新的诗歌领域，比最丰富的人类的感知、想法和回忆对作者（而他实际上永远都应该是个诗人）更好的呢？

我写这些，当然是为了说明这篇小说放弃某些所谓必不可缺的情节是正确的。

这个故事的开头，是一个阴沉但却温暖的早晨。开阔的草地吸饱了夜雨，花冠上水珠闪烁，大片大片的青草和灌木丛散发着沁人心脾的气味。

我走过草地，向一处十分神秘的小湖走去。对一个头脑清醒的人来说，这小湖似乎并无什么神秘之处，而且也不可能有什么神秘的。不过，人人都觉得这湖像个谜，无论我怎样冥思苦想，也无法搞清产生这种感觉的原因。

我之所以有这种神秘感，是因为这湖水虽然清澈见底，但是，水的颜色却像液状的柏油，微微泛着绿光。据那些健谈的集体农庄的老庄员讲，在这片发黑的湖水中，生长着一种有茶炊托盘那么大的鲫鱼。虽说从来没人捉到过这种鲫鱼，但是在

湖水深处，偶尔会见青铜般的闪光倏地一现，随之鱼尾一摆，不见了。

我之所以产生神秘感，还因为期望真会有无人知晓的极不寻常的东西存在。沿湖生长着高大茂密的灌木丛，这不禁使人浮想联翩，里边一定隐藏着什么以前不曾见过的东西：或是红翅膀蜻蜓，或是有白斑的蓝瓢虫，或是开毒花的香柳，它那空心多汁的枝条足有人的手臂那么粗。

这一切，灌木丛中还真都有，其中还有呈宝剑状的、高大的黄色鸢尾。鸢尾的影子倒映在水中，而在倒影四周，不知何故总是聚着一群群银色的小鱼，就像被磁铁吸住的一根根大头针。

草地上空荡荡的，没有人。离割草还有两个多星期。我发现很远的地方有一个小男孩，戴着顶褪了色的过大的炮兵帽。他牵着一匹枣红马，嘴里不知在喊些什么。马摇晃着脑袋，像驱赶牛虻似的用尾巴朝男孩扫来扫去。

"叔叔！"远处的男孩突然大喊起来，"叔叔！快来呀！"

这是求助的呼喊声，我立刻抄小路走到男孩身旁。

"叔叔，"他脸上带着恳求的神色看着我勇敢地说，"把我抱到这匹阉马上去吧，我自己上不去。"

"你是谁家的孩子呀？"我问。

"药剂师家的。"①

可我知道，我们村的药剂师德米特里·谢尔盖耶维奇根本

---

① 俄语中 апмекарский 一词，既可理解为"药剂师家的"，也可理解为姓"阿普捷卡尔斯基"。

没有孩子。我真奇怪，这孩子怎么有这么个不同寻常的姓。

我把他举起来，可那马立即睨视着我，4 只蹄子踏着碎步闪到一边，躲开我，总是离我一臂之遥。

"嘿，真是个害人精！"男孩带着责备的口吻说，"简直是个疯子！等我拽住它的缰绳，您再把我放上去。要不，它不会让您放的。"

男孩抓住缰绳，阉马立刻安静下来，就像快睡着了似的。我把男孩放到马背上，可阉马还是一副没精打采的样子，站着不动，好像要这样站一整天似的，它甚至还轻轻地打起鼾来。这时，只见男孩在马背上高高地一耸身，用两只光脚的后跟狠狠地踢了踢鼓鼓的、沾满尘土的马肋。阉马一惊，打了个哽，懒洋洋地迈开大步，朝海狸湾那边的沙丘跑去。

男孩不住地耸身跳起，挥舞着胳膊，脚后跟踢着马肋。当时我想：看来也许只有靠这种相当费力的办法，才能让这匹阉马干点像样的活吧。

深藏在陡峭湖岸下的小湖呈现出了淤泥的绿影。一身银装的金雀花沾满了露珠，将银灿灿的倒影映在了这片绿色的湖底上。

一只灰色的小鸟，披着红坎肩，戴着黄领带，栖息在金雀花的枝头，不时发出尖细动听的叫声，但它的小嘴却并没有张开。这只小鸟和它那快乐的叫声，着实让我驻足，为之惊奇了好一阵。随后，我便沿着湖水边钻过去，想去寻觅我要采的花。

事情是这样的，一个在莫斯科上学的城里小姑娘玛莎，考完了试，到我家来玩。她是个十分喜爱花草的女孩，所以，我决定采一束美丽的花作为礼物送给她。可是这里压根儿就没有不美的花，于是，一个相当艰巨的任务摆在了我面前：采什么花好呢？这真够叫我为难的。小湖旁环绕着许许多多的花草，形成了一道露珠闪烁、气味芳香的天然屏障。最后，我拿定主意：所有的花草每种采一点。

我环顾四周，湖畔的合叶子已经开出了一串串摇摇欲坠的穗状黄花。合叶子花的香味跟含羞草一样。要想把合叶子花带回家，尤其是在有风的天气，几乎是不可能的事。不过，我还是摘下了一枝合叶子，把它藏在灌木下，免得还没等我拿回家，它就飞散光了。

接着，我又割了几片马刀形的阔菖蒲叶。它们散发着一股浓烈的辛香味。我想起在乌克兰，每逢盛大的节日，主妇们就用菖蒲叶擦地板，它那浓郁的香味在屋里几乎能保持一个冬天。

慈姑已经结出了头茬果——绿茸茸的果球浑身裹着柔软的针刺。我也摘了一片慈姑叶。

费了好大的劲儿，我才用一根枯树枝把浮在水面上的白色小水鳖花小心地捞起来。这种花的花髓透着红，花瓣比香烟纸还薄，一捞上来就枯萎了，我只好把它扔了。随后，我又用那根枯枝把盛开的水蓼拽到了岸边。它的玫瑰色花蕊露在水面上，像一个个圆圆的小球。

我怎么也够不着白色的百合花，又不想脱衣服下水去摘，因为湖底的淤泥会没过膝盖的。我只好放弃了百合花，改采岸

边的一种花——花蔺①。它的花像被风吹翻了面的小伞。

紧靠水边，大片大片的勿忘我盛开着小蓝花，那花像一双双纯洁的蓝眼睛，正透过薄荷草丛向外张望。再过去一些，在耷拉着脑袋的黑莓后边，是斜坡上盛开的艾菊，花呈黄色，花序紧凑。高大的红色三叶草夹杂在草藤和拉拉藤之间。高高耸立在所有这些紧紧挤在一起的大群花草之上的，是巨人般的飞廉。它稳稳地站在挡住了它半截身子的草丛里，就像一个身披铠甲、胳膊肘和膝盖都带着钢刺的威风凛凛的武士。

变暖了的空气无精打采地在花草上方游来荡去，差不多每朵花上都露出了丸花蜂、蜜蜂或大黄蜂那带条纹的大肚子。蝴蝶老是歪斜着身子，像一片片白色的、淡黄色的叶片上下翻飞。

再往后，是一堵山楂和野蔷薇筑成的高墙，它们的枝叶纵横交错地紧紧缠在一起。野蔷薇的火红花朵与香味似杏花的白色山楂花，就像被一种神奇的力量硬是放在了同一株灌木上似的。

浑身长满了尖尖花苞的野蔷薇盛装艳服，打扮得像过节一样。它偏着头，把盛开的大花朵朝着太阳。野蔷薇的开花期恰逢俄罗斯偏北一带夜晚最短的时节，在这短暂的夜晚，夜莺整夜整夜地在落满露珠的枝头高歌。微微泛绿的晚霞总是挂在天边，即使深夜也是这样明亮，连夜空中山峦般的云朵都看得一清二楚。在云朵那雪白的边缘，可以看见玫瑰色的太阳余晖。

---

① 俄语中 сусак（花蔺）与 сусек（粮屯）仅一音之差。

高高掠过的银色飞机，在夜空中闪闪发光，犹如缓缓飞行的星星，要知道，飞机航线所经过的高空，已是阳光灿烂了。

当我带着一张被野蔷薇划得伤痕累累的脸，拖着被荨麻刺得发烫的身子回到家时，玛莎正往门上钉一张小纸条，纸条上有几行印刷体字：

> 一路沾满尘土，
>
> 弄得浑身泥垢。
>
> 如果你想进屋，
>
> 脚丫洗净再说。

"啊哈！"我说，"看来你到药铺去过，在门上瞧见这类纸条啦？"

"呀，多美的花！"玛莎高兴地喊起来，"简直太美了！对了，我是到药铺去过。我在那里还遇见了一个特别了不起的人，大家都叫他伊万·斯捷潘诺维奇·克雷施金。"

"他是个什么样的大人物啊？"

"一个小男孩，可不一般呢。"

我只是笑了笑。别人我不敢说，要说起乡下孩子，我可是太了解他们了。凭我在这个村居住了多年的经验，我敢肯定，在我们这些不安分的调皮的小同胞身上，确实有一种不同寻常的特性。物理学家或许会把这种特性定名为"全面渗透"。这些孩子真是"无处不渗透",更确切地说,是"到处都渗透",①其实,用一种不那么咬文嚼字的老话说,就是"哪儿都去"。

不论我到哪片荒僻的树林、湖泊或是沼泽地去,都会碰见这些孩子,他们总是专心致志地干着各种各样、有时甚至让人惊讶的事。

当然,我并不是说,在霜雾弥漫的九月,在凉飕飕的清晨,在远离住处20千米外的僻静湖畔,你也能看见他们冻得哆哆嗦嗦地藏在潮湿的赤杨丛中的身影。

大白天,他们常常带着自己做的钓鱼竿,悄悄坐在隐蔽的灌木丛里。只有这些男孩所特有的呼哧着鼻子喘气的动作,才会暴露出他们的藏身之处。有时,他们凝神屏气,连我也难以发现他们。突然身后一声喑哑的恳求"叔叔,给我点儿蚯蚓",会吓得我一哆嗦。

丰富的想象力和强烈的好奇心,吸引着孩子们到这些偏僻的地方来——这里就像探险小说家所喜欢描写的"人踪罕至"的地方一样。

依我看,即便我到了北极,或者磁极,也一定会见到这些男孩坐在那里的。在北极,他们呼哧呼哧地用鼻子吸着气,手里拿着钓鱼竿,守在冰窟窿旁,等着鳕鱼上钩。而在磁极呢,他们会用一把折叠小刀,想从地里刨出磁块。

这些男孩还有什么其他了不起的特点,我就不得而知了。

————————————

① "全面渗透"、"无处不渗透"、"到处都渗透"都由物理名词"可渗透性"(пронлзаемотв)变化而来。作者显然是在这里挖苦那些爱滥用术语而不使用意义明确的普通字眼的人。

于是我便问玛莎：

"你的那个伊万·斯捷潘诺维奇·克雷施金，他究竟有什么不平凡的啊？"

"他才8岁，"玛莎答道，"可他给药剂师采集来许多种草药，比如缬草。"

再听她往下说，我发现这个伊万·斯捷潘诺维奇·克雷施金，与路上让我把他放到马背上的那个男孩有着惊人的相似之处。后来我听说，跟伊万·斯捷潘诺维奇·克雷施金一同回药铺的果真有匹枣红马，我的疑团顿时全解开了。那马一拴到篱笆上，马上就睡觉了。伊万·斯捷潘诺维奇·克雷施金走进药铺，把从海狸湾一带采集到的一袋子缬草交给了药剂师。

我还有一点没弄明白：这个伊万·斯捷潘诺维奇·克雷施金既然骑在马上，又怎么能采到缬草呢？当我听玛莎说，伊万·斯捷潘诺维奇·克雷施金是牵着马回来的，我便明白了：他是骑着马到海狸湾那边，回来时却是步行的。

故事讲到这里，该言归正传了——谈谈我想谈的药剂师德米特里·谢尔盖耶维奇。不过，与其说谈他，不如说谈谈我早就想探讨的一个话题——一个人对自己事业的态度。

德米特里·谢尔盖耶维奇忘我地献身于药剂学。从与他的交谈中，我深信了这一点：那种认为有的职业没有意思的看法，完全是因为不学无术而造成的偏见。从此，我对乡村药铺里的一切都开始有了好感：从那永远擦得干干净净的木地板、散发着清香的圆柏木墙壁，到装着冒气泡的矿泉水瓶子，乃至那些贴着黑纸条，上面写着"有毒"二字的白瓷罐子。

据德米特里·谢尔盖耶维奇说，每种植物的汁液或能治病，或能致死。关键在取出它们的汁液后，要了解它们的性能，用它们为人类造福。

当然，不少草药的性能很早就被发现了，比方说，用铃兰或毛地黄泡的药酒对心脏病有疗效，还有其他的草药等。不过，仍有很多种植物没被人研究过。对德米特里·谢尔盖耶维奇来说，研究这些植物是世上所有事情中最吸引人的工作了。

这年夏天，德米特里·谢尔盖耶维奇从嫩松枝中提取维生素，还非要我们大伙喝他的这种绿色松枝浸剂，喝下去后，肚子就像火烧一样。虽说我们都皱着眉头喝下了这玩意儿，心里还直骂他，可毕竟得承认这种浸剂对身体有些效果。

有一次，德米特里·谢尔盖耶维奇给我拿来一本厚厚的药典。这部书的确切名字我记不得了，但是它写得引人入胜，不在那些技巧高超的小说之下。书中记载着所有的植物：有草本和木本，还有青苔、地衣和菌类，其中有些植物还具有奇特的、令人意想不到的特性。此外，书中还详细介绍了怎样用这些植物制成药剂。

德米特里·谢尔盖耶维奇每周都要在本地区的报纸《劳动旗帜》上发表些小论文，谈论植物的疗效问题，比如鲜为人知的车前草或是烟叶菌等。德米特里·谢尔盖耶维奇以《在朋友的世界里》为总标题，发表了这些论文。不知何故，他管这些论文叫小品文。

我常在一些农家看到德米特里·谢尔盖耶维奇的这些论文，是他们从报纸上剪下来，用钉子钉在墙上的。凭这论文，

家园的故事丛书

我就知道这家人曾得过什么病。

药铺里经常聚集着一群孩子，他们是德米特里·谢尔盖耶维奇所需草药的主要供给者。这些孩子都是自愿为他工作的。他们经常跑到非常偏僻的地方，比如那个名叫"问荆"的沼泽，甚至更远的那条有个奇怪的名字"官河"的地方去——去过这条小河的没几个人。据去过的人讲，那里是一片荒地，到处是积满淤泥的小湖，四周长着高大的马尾草。

孩子们送来草药，并非为了得到什么，他们只要婴儿用的橡皮奶嘴玩。他们使足劲地吹这些奶嘴，吹得小脸都涨红了，然后用根绳子把奶嘴扎住，做成像气球似的"飞泡泡"。这些泡泡当然不是真的能飞，但孩子们总是随身带着这些泡泡，用小绳拴住它们绕在手指上飞快地旋转，发出吓人的嗡嗡声，或是拿着这些泡泡互相砸脑袋，欣赏碰击时发出的那种让人心醉的嘭嘭声。

如果以为这些孩子把大部分时间都花费在游逛玩耍上了，这可不公平。他们只是在夏天，学校放暑假的时候玩玩，而且也不是天天玩。他们大部分时间要帮大人干活，像放牛、拾柴、割草、种土豆、修篱笆什么的，甚至当大人不在家时还要照看弟弟妹妹。顶糟糕的就是照看孩子了：最小的孩子才刚刚学走路，他们不得不背着他（她）到处走。

村里的孩子们最喜欢的两个人就是德米特里·谢尔盖耶维奇和外号叫"破烂爷"的老头。

"破烂爷"不常在村里出现——一个月来一次，有时隔很久才来。他穿着一件沾满尘土的长衫，一瘸一拐地走在用力拉

车的褐色黄斑马身旁，一脸倦怠的样子。他背着手，手里那条当马鞭用的绳子在沙地上拖着，这时便会听见他忧郁地喊着：

"有破布、破鞋、牛角、马蹄换吗？"

在马车前部，"破烂爷"放着用一个普通胶合板钉成的箱子。箱子盖敞开着，箱壁的钉子上挂着各种各样的玩具：口哨、皮球、赛璐珞娃娃、小画片，还有一卷刺绣用的五颜六色的棉线。

只要"破烂爷"一走进村子，家家户户的男孩和女孩都立刻跑到他身边，像一群听到主妇呼唤的小雏鸡，你推我搡、跌跌撞撞地拥来，一只手里拉着弟弟妹妹，一只手在胸前紧紧地抓着旧口袋、破草鞋、折断的牛角或其他废品。

"破烂爷"收下破布、牛角，换给孩子们新的，甚至油漆还未干的玩具。他还要为每一件玩具说上一大堆好话，有时还要跟他的小"供应者"争辩几句。

大人们从来不拿什么东西来找"破烂爷"，卖破烂是孩子们的特权。

显然，常跟孩子们打交道能使人增添不少优良品质。"破烂爷"是个外表冷酷无情，甚至像常人所说的"模样可怕"的人：一头灰白的硬邦邦的头发，酒糟鼻子，皮肤由于常年风吹日晒都脱皮了，说起话来瓮声瓮气的，又粗又响。尽管"破烂爷"有这些特征，但他从不拒绝孩子们的东西。只有一次，一个穿着褪了色的红裙子的小姑娘拿来她父亲穿破的旧筒靴，他没有收。

那小姑娘的脑袋一缩，像挨了打似的慢慢离开"破烂爷"

的车，哭着回家去了。围在"破烂爷"身旁的孩子们突然安静下来，有的皱起眉头，有的吓得小鼻子呼哧呼哧地抽泣起来。

"破烂爷"自顾自地用烟丝卷着一支大漏斗形的纸烟，好像压根儿没看见那个哭着离开的小姑娘，也没看见这群让他的这个"狠心"的行为吓坏了的孩子们。

"破烂爷"不慌不忙地用舌头黏好"漏斗"，抽了几下，吐出一口唾沫。孩子们在一旁一声不响地站着。

"怎么啦？""破烂爷"生气地问，"难道你们不懂吗？我是在给国家办事，你不能把烂泥巴也拿来给我呀。你们得给我能继续用来生产的东西，明白吗？"

孩子们不说话，"破烂爷"紧了紧腰带，瞧也不瞧孩子们，说：

"跑去找她来。快点！别一个个这么瞪着我，好像我是个凶手似的！"

所有站着的孩子，忽然像一群受惊的小鸟一样，飞快地朝那个穿红裙子的小姑娘家里跑去。

小姑娘被他们拽了出来，红着脸，窘态十足，脸上的泪水还没干。"破烂爷"神色庄重地、严格地检查了小姑娘的破筒靴，然后把它们往车上一扔，换给她一个非常漂亮的洋囡囡。洋囡囡有张红扑扑的圆脸蛋，快乐地睁着一双水汪汪的蓝眼睛，笨拙地叉开白白胖胖的小手指。

小姑娘怯生生地接过洋囡囡，把它紧紧地抱在胸前，笑了起来。"破烂爷"拉了拉缰绳，那匹马两耳一耸，拉动车辕，车子便在沙地上嘎吱嘎吱地朝前奔去。

"破烂爷"在车旁走着，瞧也不瞧四周，仍是那副冷冷的样子，一句话也不说。走过大约二十户人家，他才干咳一声，拉长了声音喊起来：

"有破布、牛角、马蹄、旧鞋的来换啊！"

我看着他的背影，心想，看来世上再也没有比收破烂这活儿更乏味的了，但是这老头却能通过这份乏味的工作，让集体农庄的孩子们得到快乐。

更有趣的是，我发现这个"破烂爷"还非常热衷于他的这个工作，想方设法地关照着他的这些吵吵嚷嚷的小"供应者"。他征得领导支持后，每次下乡收废品，都会带去一些不同品种的玩具。"破烂爷"的玩具五花八门，很吸引人。

一次，"破烂爷"接到德米特里·谢尔盖耶维奇的订货单，从城里带来了一批镀铜的渔钩，按一张小纸片上列出的特殊名单，把渔钩发给为药铺采集过草药的孩子们。这可是村里的一件大事。伊万·斯捷潘诺维奇·克雷施金多劳多得，领到了整整 10 个渔钩。

发放渔钩的时候，气氛庄严肃穆，孩子们像听到口令似的，摘下了他们已戴得变了形的鸭舌帽，全神贯注地将渔钩仔细地别在鸭舌帽的里边——这是孩子们收藏宝贝最安全的地方。

有一种我们大家都早已习以为常的情况：就是在我们俄罗斯，一个其貌不扬的普通人，经事实证明，他也许并不一般，

而是很了不起的。作家列斯科夫①特别懂得这一点。他之所以能如此，自然是因为他深深了解并热爱俄罗斯。他走遍了俄罗斯，对千百万普通人来说，他是一个可以信赖的、真挚的朋友。

谈到德米特里·谢尔盖耶维奇，说句开玩笑的话，他身上几乎毫无特别之处，但他却是个孜孜不倦地探索自己事业中新生事物的人，一个对自己、对周围的人严格要求的人道主义者，这一切美好的品质都隐藏在他那朴素的外表之下。

在"破烂爷"看似粗俗的外表下，跳动的是一颗宽厚仁慈的心。同时，"破烂爷"还是一个想象力丰富的人，他把他的想象力充分发挥在了他那似乎微不足道的事业上。

谈到这里，我想起了我和一位朋友遇到的一件趣事。

有一次，我们到旧渠去钓鱼。在这一带，人们管那条狭窄的、水流湍急的褐色小河叫旧渠。它离人们的住处很远，从森林深处流过。到那儿去可不容易，要先坐40千米的窄轨火车，然后还得步行30千米。

在旧渠的那些带漩涡的深坑里，生长着很大的鲤鱼，我们就是为这些鲤鱼到旧渠去的。

第二天，我们从旧渠回来，就着森林中沉寂的暮色，走到了窄轨铁路的小站。车站四周散发着浓浓的松节油、锯木和石竹的气味。8月，有的白桦树上已经挂上了头一批黄叶。夕阳西照，金色的阳光将一片片树叶映得分外耀眼，仿佛点燃了

①　列斯科夫（1831—1895年）：19世纪俄罗斯著名作家。

一般。

　　一列小火车拉着几节几乎全空的车厢开了过来。我们上了人稍多些的那节车厢。车上几个女人带着装满了越橘和蘑菇的口袋，两个衣衫褴褛、胡子拉碴的猎人，垂腿坐在敞开的车门旁吸着烟。

　　女人们先是聊着自己村里的事，不一会儿，当那神秘美妙的森林暮色潜入车厢时，女人们惊叹一声，不说话了。

　　列车驶过一片草地，广阔的草地上，静穆的日落景象整个儿地呈现在我们眼前：残阳的余晖洒落在野草、轻雾和露珠上。列车的轰鸣声也未能盖住鸟儿的叫声和路基两旁草丛中变幻莫测的回声。

　　这时，一个年轻妇人吟唱起来。她凝视着落日，两眼仿佛闪着金光。她唱的是一支梁赞的流行歌曲，另一个妇人也跟着唱起来。

　　等女人们停下来时，那个穿着破衣，绑着用军大衣改制的裹腿的猎人小声地对他的伙伴说：

　　"瓦里亚，咱们也唱一曲吧，怎么样？"

　　"好吧，唱就唱！"伙伴答应了。

　　这对衣衫褴褛的猎人唱了起来，其中一个是男低音，他无拘无束地唱着，浑厚而又柔和的歌声倾泻而出。我们静静地坐着，都被他这副不寻常的歌喉惊呆了。

　　女人们倾听着歌声，不时轻轻地摇晃着头。后来，那个最年轻的妇人轻轻地哭泣起来，不过并没人转过头去看她，因为大家知道，这不是痛苦和悲伤的眼泪，而是发自内心的钦佩。

猎人唱完了，女人们向他们致谢，祝他们幸福长寿，因为他们给大家带来了难得的快乐。

我们问"男低音"是干什么的。他自称是奥卡河畔一个集体农庄的会计。我们建议他到莫斯科去，让那里的大歌唱家或是音乐学院的教授听听他唱歌。我们劝他说："有这么好的嗓子，呆在如此偏僻的地方，把自己的才华都埋没在这土地里了。"然而，猎人只是不好意思地笑了笑，固执地谢绝了。

"你们说些什么呀！"他说，"我这种业余唱唱的嗓子，怎么能登歌剧院的大雅之堂呢？我在村里有园子、有老婆，孩子们在读书。你们怎么想得出来——上莫斯科？3 年前我去过莫斯科，那个挤呀，害得我一天到晚头昏脑涨的。我只想怎么能快点离开莫斯科，回我的奥卡河去。"

小火车"呜"地一声尖叫，我们马上就要到站了。

"这样吧！"我的朋友果断地对那猎人说，"我们就要下车了，我把我在莫斯科的住址和电话留给您，您务必要到莫斯科来一趟。请尽早来，我带您去见见需要见的人。"

说完，他从笔记本上扯下一张纸，匆匆写上自己的住址和电话。火车已经进了站，停下来，沉沉地喷着气，准备继续往前走。

猎人就着微弱的落日余晖看完我朋友的字条，说道：

"您是作家？"

"是啊。"

"我说呢，我知道您。我读过您的书，真高兴能认识您。请允许我自我介绍一下——本人是大剧院的独唱演员皮洛戈

夫。看在所有圣者的面上，别为这小小的玩笑生我的气吧。对于这次玩笑，我能说的只有一点：生活在这个人们彼此热情相待的国家里是幸福的。"说着，他笑起来。

"当然，我是说，您这么热心地帮助一个集体农庄的会计成为一个歌剧演员，我相信，我要真是个会计，您是不会让我的歌喉埋没的，就为这，我也要谢谢您！"

他使劲儿地握了握我们的手。火车开动了，我们目瞪口呆地站在月台上，这时才想起德米特里·谢尔盖耶维奇说过，歌唱家皮洛戈夫每年夏天都要回自己的故乡度假，他住在奥卡河畔的一个大村庄里，离我们的住处不远。

该是结束这篇故事的时候了。我感到自己也沾染上那种老头子喋喋不休的毛病了，就像那个摆渡的老汉华西里一样，嘀嘀咕咕个没完。他会从第一个故事中引出他记忆中的另一个故事，接着又引出第三个、第四个……所以，他的那些故事永远也讲不完。

我的任务最单纯不过了，就是讲讲那些小事，即使是最微不足道的小事，只要它们能说明俄罗斯人的才能和质朴的心地。至于那些大事情，留着以后再说吧。

（胡真 译）

# "二七三"护林区

这篇随笔写于一所乡间别墅里。

阁楼上的窗户敞开着，一只只灰蛾朝灯光飞扑过去。四周寂静得能听得见楼下空屋里挂钟的嘀嗒声，远处的奥卡河上传来了轮船的鸣笛声。村庄沉睡了，窗外黑漆漆的，院子里散发着一阵阵湿木板的潮气味。

室内的墙上挂着一幅加里巴利季①的版画像，上边有他的亲笔签名，字迹已经发黄了。这幅版画像怎么会挂到这儿来呢？物件的经历有时也是无法意料的，就像人的经历一样。我看着这幅在巴黎刻印的版画像，竭力追溯它究竟是怎样流落到这俄罗斯中部的乡村来的。

这幅版画上没有刻着印师的署名。不过，它的背面糊着一张法文报纸。我揣测，这所乡间别墅的主人一定在巴黎居住过

---

① 加里巴利季（1817—1882 年）：意大利革命英雄。

许久，到过巴黎近郊的布西瓦村的屠格涅夫家，认识维亚多①，显然也见到过加里巴利季。

加里巴利季的版画中那意大利的天空、向罗马行进的军队，浸透着橄榄树皮芳香的空气，展现了一个充满了幻想和诗意，却又贫穷的国度！

加里巴利季的版画像挂在这窄小的房间里，与费多尔·托尔斯泰②的青铜浮雕《费尔沙姆别鲁阿兹的战斗》并列悬挂在墙上。若是夜晚，从花园往阁楼的窗口望去，这间挂着加里巴利季版画像的屋子，仿佛是黑夜里漂浮在海洋上的一艘灯光朦胧的孤船。

再过几天，我——这座空荡荡的大房子的最后一个居住者，就要起身去莫斯科了。不过，所有的物件：青铜浮雕、加里巴利季的版画像、绘有水磨房的古灯、桌子、柳兰花束，这一切都将无怨无悔地留在这儿过冬。来年我返回时会惊奇地发现，所有这些东西依旧在老地方。岁月虽使人增添了白发和人生经历，但这屋内的物件依然如故，或许，只是版画像略有些变黄吧。

我想象着这座房子在我离开后的情景：时光一天天地流逝，冷雨绵绵，房顶上堆满了被秋风吹落的卷曲的枯叶。秋雨过后，严寒降临，河湾冰封。下雪了，屋顶上方，灰蒙蒙的天空低悬，就这么一直低悬到来年春天。

柳兰的花被冻后，化作了褐色的粉末。等到翌年开春，打

---

① 维亚多（1821—1910年）：法国女作家、歌唱家，屠格涅夫的好朋友。
② 费多尔·托尔斯泰（1783—1873年）：18世纪俄国艺术家。

开房门，它们便像尘土一样四处飞散。这干枯而又神奇的世界啊！只有用放大镜观察这些花朵，才会发现它体内的一切是多么美妙、多么精致。这些被丢进垃圾堆中的枯花，也像屋外那被苍穹环抱，拥有植物、河流和空气的大地一样复杂。

这些物件使人加深了对时间的感受，它们的生命往往比我们人类要长久得多。有时真羡慕这版画像，希望人的生命也能像它那样长寿。

我们对生活独特而又美好的感受，化解了失望、伤感以及转瞬即逝的短暂幸福。或许，像歌颂阳光下一切美好的事物那样来歌颂生活，同样也是作家、诗人和艺术家们的天职。

人们早已认识到，生活的美妙不仅在于对未来的期待、对现实的体验，而且在某种程度上也是对过去的回忆。回忆往往近似于想象，也近似于创造。试问，我们在回忆时，谁没有给往事增添过原先未有的色彩？谁仅仅只记得往事的真实情景呢？

回忆，并不是一扎字迹发黄的信件，不是垂垂暮年，也不是一束枯萎的花朵或故人的遗物，而是一种活生生、激动人心而又充满诗意的意境。

上述这一切，不过是个小小的插曲，为的是引起对距离这乡间别墅（加里巴利季永远在这里用他那双眯缝的眼睛看着人世间）50千米的地方的回忆——那就是发源于维利基湖的普拉河。

一个秋天的傍晚，我们打点好行装，离开了这所别墅，步行到窄轨铁路的车站去。夜里，沙滩上愈发凉了，那颗熟知的蓝星星，正冉冉升起在林区的上空。

我们像平时一样争论起来：这是什么星？木星？还是别的什么星？它那闪烁的星光，洒在黑暗中苍松翠柏的树梢、石楠丛生的沙丘、木屋房顶和鸟巢上，洒在这片林区的一切之上。它缓缓运行在众星座之间，更衬托出这夜的明净与清凉。

窄轨火车的车厢里昏暗拥挤，只有午夜升起的月亮在松林后忽隐忽现，黄铜色的月光不时映亮乘客们的脸庞。

我身旁坐着一个十一二岁的小姑娘，她穿着一件浆得硬邦邦的玫瑰色外衣，辫子上系着玫瑰色缎带，乍看上去也是玫瑰色的头发上包着块玫瑰色的头巾。在月光的辉映下，就连她的眼睛似乎也闪烁着玫瑰色的喜悦光泽。她刚从在省城一所工艺学校当校长的哥哥家做客回来，正用玫瑰色般轻柔的声音讲叙着在城市看过的所有电影。她说有一部电影十分有趣，可惜片名记不清了，只记得"几个穿戴得非常漂亮的大婶，坐着套着好几匹马的轿式马车去串门"。

"你看过描写作曲家格林卡的那部影片没有？"突然，从车厢暗处传来一个男人沙哑的声音。

"当然看过！不过我看的影片太多了，在我的脑子里都搅混了，也记不太清了。"小姑娘说。

"这部影片配的是谁作的曲子？"沙哑的声音显得很严厉。"不知道？是格林卡自己作的曲。还有一部旋律非常优美的歌剧——《霍瓦辛娜》，是作曲家穆索尔格斯基谱的曲。年轻人应该知道这些。"

"怎么能什么都知道呢！"一个上了年纪的老妇人插话说，她的手一直摸着自己脚下装着洋葱的袋子。"再说你也不是全知道。不可能的事！"

"废话!"又是那个沙哑的声音。

"你们在说作曲家穆索尔格斯基吧?"一个小老头一直在打盹,这会儿突然醒来了,戏谑地说道:"有一次在科罗斯托夫,我们还跟他在一起呢……"

"跟谁?他吗?"

"我说的就是他——作曲家穆索尔格斯基。前年奥卡河发大水,夜里漆黑漆黑的,伸手不见五指。水手像喝醉了酒,昏头昏脑地弄错了航线,搁浅了。水退后才发现船搁浅在草地的小丘上,而且搁得那么牢,拖了 3 个星期也没能把船拖动。船就这么一直搁浅在小丘上,直到第二年春汛来临,洪水才把它浮起来。"

"你瞎扯些什么呀,老爷子!简直莫名其妙。"那位自诩通晓作曲家的人生气地说,"你是不是刚刚做完梦,嘟嘟囔囔地说梦话。"

"他说的是真事!"一个年轻人在暗处大声说,"这事就发生在'作曲家穆索尔格斯基'号轮船上。我亲眼看见轮船搁浅在草地小丘上,船的四周开满了五颜六色的花。真好笑!"

"有什么好笑的!"小老头嘀咕了一句,"舵手还为这起事故被判了刑呢。"

"活该!"携带洋葱口袋的老妇人气哼哼地说,"别想弄坏轮船!他们这些男人,喝醉了酒就什么都不放在心上了。那轮船可是国家的财产,可他呢,这个酒鬼,竟然用一根手指头掌舵。这种酗酒的笨蛋,我连看都不想看一眼!"

"现在酒鬼可是少多了。"一个被门挡着的人一边踩灭烟头,一边解围道:"如今在我们集体农庄,就是打着灯笼也找不到一个酒鬼了。人们不再酗酒，干活也利索了。"

"我可不愿替这种人说好话，我只管自己好好劳动。"老妇人马上回敬道，说完又去摸摸洋葱口袋，弄得干葱壳沙沙作响。

"你的洋葱？菜园里种的？"有人问道。

"对，我的，自己种的。"

"拿到集市上卖吗？到克列比克去？"

"对，去赶集。"

"怪不得这车厢里挤的全是茨冈人。"那位通晓作曲家的人怪声怪气地说，"他们一定也是到克列比克去赶集的。"

"瞧你这像画中人似的美男子！"一个站在窗边的茨冈女人冲他说道，她的声音就像唱歌一样洪亮。接着，她划着一根火柴，抽起烟来，说："我们这群流浪汉总共才6个人，你可嫌挤了……"

火柴的光照亮了茨冈女人的一头黑发。

"我们过去到处流浪，没个安稳的日子。"茨冈女人叹了口气说，"这种日子就像一场梦，再也不会有了。"

"真是个奇怪的民族。"那位通晓作曲家的人侧过身来，小声对我说，"有一回我到萨索沃去，车厢里挤满了人，个个大包小包地都带了不少东西。我身边坐着个年轻的茨冈女人，怀里抱着个小女孩。这茨冈女人真是个美人啊！她没带什么大的行李，只有一个小包——用头巾包了一点点东西。小女孩醒了，正要哭，只见这个茨冈女人打开小包，我看见里边只有一片面包和3朵大丽花。她拿了朵大丽花给女孩当玩具玩——小女孩玩着花，立刻安静下来。"

"有人就爱种这种花。"小老头插嘴说。

茨冈女人一边说着什么，一边走出了车厢。突然，一个沉稳有力的女低音唱了起来，歌声盖过了车轮的轰轰声和过岔道时车厢壁的隆隆声。这个茨冈女人在唱一支早已被人们遗忘的歌：

> 白雪皑皑的原野里，
> 仿佛有朵蔚蓝色的小花，
> 我发现你是那样的美丽……

车厢里顿时安静下来。窗外，月光笼罩下的森林飞驰而过，野草丛生的小径深处浓雾茫茫。

大家都在静静地听茨冈女人唱歌。从人们的神态可以看出，车厢里的人都被那优美的歌声和歌中人渴望见到自己心爱的姑娘的心情感染了。无论是木匠、集体农庄的马夫、扎着玫瑰色头巾的小姑娘，还是那个饱经风霜的老人，都感到应该宽厚地对待生活中的一切。

"是啊，"当茨冈女人的歌声停止时，马夫感慨地说，"我曾经有个妻子，她叫丹尼亚，人瘦得像根琴弦……"

马夫哽咽着，再也说不下去。他的妻子究竟出了什么事，谁也不得而知。也没人再敢向马夫打听丹尼亚，甚至那位携带洋葱口袋的好奇的老妇人也只是叹了口气，低低地垂下头，用黑头巾的一角小心地拭了拭眼泪。

深夜，我们在列特里克小站下了车，道旁的白桦树林发出一阵阵轻轻的飒飒声，料峭的寒气犹如潮水一般从沼泽涌过来。

我们像行军一样，步伐整齐地走了很远。大约走了两个多小时，东方的天际渐渐泛出洁净而柔和的曙光，一缕朝霞升起在远处森林的上空。在这朦胧的破晓时分，星星闪烁得比夜晚还要耀眼。

我们愈往前走，四周愈发地荒凉。慢慢地，我们走进了茫茫无际的森林中。

天亮了，我们在路边坐下，小憩了片刻。小白杨树微黄娇嫩的叶子在我们头上微微颤抖，无声地飘落下来，粘在了毒莓草丛间的蜘蛛网上。

"真不愧是涅斯捷洛夫①的俄罗斯啊！"人群中不知谁小声嘀咕了一声。

我们习惯说"列维坦②的地方"和"涅斯捷洛夫的俄罗斯"。这些艺术家帮助我们用一种不同寻常的抒情眼光来审视自己的祖国，这并没有什么不好的。不论什么时候，潺潺的溪流、摇曳的赤杨、苍茫的天空和森林坡地，似乎都渗透了些许的忧伤，或许是因为每次见到这些景致又要匆匆与它们分手的缘故吧。我们伤感，因为我们无奈，因为我们无法将这转瞬即逝的秋晨，化作金黄色枯叶那永无休止的飒飒声，化作寒寂的湖面上永恒不逝的湖光，化作轻烟般的浮云永不休竭的飘舞。

陡峭的沙丘下，静卧着一条无名河。河湾那边有一片松林，仿佛高耸天际的屏障一般屹立在我们面前。松林旁有个小

---

① 涅斯捷洛夫（1862—1942年）：俄国著名艺术家、画家。

② 列维坦（1860—1900年）：俄国著名风景画家。

村庄，还有一座年久发黑的木筑教堂。教堂非常高大，如梦幻般耸立在雾霭中。

河湾上的浓雾犹如一汪湛蓝的水，只有黑魆魆的草垛顶，在茫茫大雾中宛若一座座小岛。

我们越走越慢，最后，谁也挪不动脚步了。河对岸的村庄仍沉浸在梦乡中，看不到房顶上升起一缕炊烟，听不见村里一声牛哞鸡鸣，眼前的大地仿佛被施了魔法似的躺在沉寂中。或许民间童话中带有墓地的乡村就是这个样子：美丽的姑娘们长年累月地坐在那里纺着纱，悲伤地等待着自己的心上人归来。

太阳冉冉升起，金灿灿的阳光抚摸着黄色的麦秸，村头响起了牧人悠悠的号角声，被施了魔法的大地苏醒了。

我们拿起行囊，穿过洒满晨露的平原，朝村庄走去。野丁香散发着馨甜的芬芳，号角声越来越近了。

我们在村边遇见了一个牧人，他正驱赶着一群牛。每头牛的颈上都挂着一只铜铃，叮叮当当地一路响着。

"你们来得正是时候！"牧人高兴地喊道，并脱下帽子向我们致敬。"朋友们，谢谢你们带来了猎枪，这里的狼可把我们害苦了，几乎天天都有牛犊被狼咬死。可是很少有猎人光顾我们这个地区。"

"为什么？"

"这里四处都是密林，到我们这儿来的路不好走。我们这儿是最后一个村子，再过去，100千米以内没有村子，全是森林了。"

"你们村叫什么？"

"我们村有两个名字。新名是格里辛诺，旧名叫炼铁作坊。

彼得大帝时代，这里开过铁厂。"

格里辛诺是个再普通不过的村子了，就像书本描写的那样。不过，它虽说平凡，却有一种令人感到亲切的宁静美：小窗户的雕花窗棂，高高的小台阶，篱笆墙上悬挂着绣球花的浆果，家家户户的门旁堆着旧木头，活泼的大公鸡，姑娘们时而严厉、时而羞怯、时而温柔的灰色眼睛，挑着装得满满的一桶水小心翼翼走路的农妇，还有长着麻栗色头发的孩子们。

沿着坚实的沙地，我们来到村子尽头，走进一条杂草丛生的小巷。巷内有座孤零零的农舍，四周鲜花环绕。一只红褐色的猫蹲在小台阶上，它那对绿幽幽的眼睛让人不愿久看。农舍的篱笆墙外，一条茶褐色的河流缓缓流过，这就是普拉河。

一看到这家农舍，我的心就发紧，人在见到渴望已久的东西时，常会出现这种情况。而我所向往的，就是能长年居住在这种洁净的农舍里，在静寂的森林中安安静静地工作。我认为只有这样，才能从从容容地深思熟虑，尽心尽力地写出真正的作品来。

我们踏上台阶，轻轻叩响小窗户。一个围着白头巾的老妇人开了门。

"请进，"她亲切地说，没问我们是谁，也没问我们为什么敲她家的窗户，"我从窗口看见你们几个猎人走来，看得出你们从莫斯科来，都是些有文化的、开朗的人。我和阿廖沙一向喜欢过路人，可路过我们这儿的人太少了。"

屋子里干净整洁，不仅窗台，就连地板上都摆着盛开的鲜花。也许正因为农舍里既温暖又明亮，花儿才长得这么好吧。

"阿廖沙这就过来，他正在洗脸。"老妇人告诉我们，"我有两个儿子——阿廖沙和卡佳。阿廖沙是村苏维埃主席，卡佳在克列比克附近一家棉絮厂工作。你们也许路过那儿了，那儿的马路上也都堆着废弃的旧棉絮，遇到泥泞难行的路段，汽车司机们就把旧棉絮垫到地上，好让汽车开过去。"

我们想起来了，夜里，我们的确走过一段富有弹性的、奇怪的路。

"那就是旧棉絮！"老妇人笑了，"你们没想到吧……瞧，他来了，我的阿廖沙。"

一个年轻人走进屋来。他穿着佩有绶带的军服，保护色的裤子散着裤腿，脚上穿着一双黄皮鞋，一头淡褐色的头发如铜铸的一般。他欠身问好，当他直起身来时，我们才看见他的眼睛碧蓝碧蓝的，目光略带羞涩。他的举止和外表都透着一种优雅。

我觉得这张脸似乎很面熟，有种似曾相识的感觉。后来我终于想起来了：阿廖沙长得很像叶赛宁。

我把这个发现告诉了阿廖沙，他笑了："也许吧。我和他是同乡，我们都是梁赞人。在前线，大家都叫我'阿廖沙—叶赛宁'。"

"你喜欢叶赛宁的诗吗？"

"有的诗我喜欢，比如'我们北方洁净的天空，犹如一块灰蒙蒙的布'。"

就这样，我们交谈起来，从诗谈到森林，谈到格里辛诺村的集体农庄，谈到这个地区的一切。

"我们集体农庄很富足。"老妇人说，"你们看到牛了吧？一头头都膘肥体壮的，是雅罗斯托夫种，奶很足。我们牧场的草也很茂盛。阿廖沙还组织了一个劳动生产小组，做轭套、车轮、小桶、蜂箱什么的。老实说，我们村光是蘑菇就多得根本没法用手去采，而要用镰刀割！"

"是啊！"阿廖沙也随声附和道，"我们这儿可是个好地方，你们没白来。"

"为什么？"

"没什么……你们慢慢就会明白的。你们回到莫斯科后会经常梦见我们这儿的。我在这里长大，可我到现在还没看够呢。"

"这么美，你难道会看厌？"母亲对阿廖沙的话立刻表示赞同。

这时，一个身穿家织方格裙的老大娘匆匆走进屋来，用皱巴巴的拳头拭了拭嘴。

"天啊，阿廖沙！"她拖着哭腔说，"上帝把客人带给了善良的人们，而我这个讨厌的老太婆，却带着自己的不幸来烦你。"

"出什么事了吗，娜斯塔西娅奶奶？"

"你该拿着皮鞭去抽我的萨尼卡。我管不了他了，我都80多岁了。打孩子，对我这个老太婆来说可是个罪过，再怎么说，他都是我的孙子啊。"

"为什么要打他呢？"阿廖沙笑着问道。

"为什么？亲爱的，我很清楚法律。法律可不是瞎定的。不是有条法律说要帮助老人吗？对！就连歌里也这么唱——'我们的老人处处受尊敬'，我亲耳听过，真的！可是萨尼卡，他什么活儿也不干！天一亮，我就得起床，忙里忙外的：提水、生炉子、扫地、喂鸡，忙得我团团转！还有好多好多的活要做。天啊，全是我一个人干。萨尼卡呢？起了床，喝光一罐牛奶，头发还乱蓬蓬的，人就跑得没影了。一天到晚在牧场上瞎跑，追球玩。真该好好教训教训他！这该死的足球到底是谁发明的？萨尼卡从早到晚跑来跑去，鞋后跟都磨破了，还像个疯子似的乱跑乱叫：穷啊！穷啊①！人都穷得身无分文了，还高兴个什么劲儿？不来帮自己的奶奶干点儿活，还一个劲儿地‘穷啊！穷啊’地喊！”

"这倒是的，"阿廖沙表示同意，"我们村的小伙子们太爱踢球了。待会儿我去管教管教他们。"

"前几天，他们把球踢到了房顶上。哎，可吓人啦！整个房子都在晃动，吓得公鸡在门道里‘喔喔’乱叫，扑腾着翅膀一头撞到房檐上后摔下来，眼珠都翻白了。我用凉水浇了它一个小时，它才缓过气来，差点儿没吓死。你说说，能不吓坏吗？人都吓昏了，何况家禽！这么说，你答应去管教他啦？"

"您放心吧。"

"那好，谢谢你了！"

老大娘鞠了个躬，往外走去。刚走到门外，她忽然嚷嚷起来，朝自己家跑去。

"萨尼卡！过来，你这个懒鬼！要是再踢球，我就给你点儿颜色看看！"

我们又坐了一会，便起身向主人告辞了。阿廖沙把我们送

---

① 原是"射门"。俄文中"射门"（жог та жсг）与俄国一句俗话"穷得身无分文"（голкак сокол）的读音相近，所以这位老大娘误把"射门"听成"穷啊"、"穷得身无分文"了。

到普拉河畔的小桥旁，建议我们务必到"二七三"林区走走，说那儿真是太美了。

我们过了普拉河，登上沙冈，走进了森林。森林以它的潮湿、寂静、苍翠和树梢上阳光灿烂的天空迎接我们。林中一丝风儿也没有，小黄雀在林间空地上跳来跳去。

越往前走，森林里越僻静，越阴暗。忽见悬崖下水光闪烁——这是普拉河的旧道，河旁丛生着百合和水蓼。河对岸，一条林中小道蜿蜒而上，一缕和煦的阳光洒在小道上。

我们渐渐习惯了林中的寂静，听到了隐约的鹤唳和啄木鸟的击木声。

我们知道，这儿在靠近通向护林区的道路处，有一个幽深的舒亚湖。每碰上林中一处滋生着暗黑色赤杨的洼地，我们都以为是舒亚湖的湖岸，没想到舒亚湖却突然出现在松林间陡峭的山崖下，周围丛生着幼嫩的白杨和苍老的黑赤杨。

圆圆的湖泊像个石碗，平静的湖面上，湖水清澈透底，倒映着雾霭弥漫的天空，越发显出它的深邃与清新。丛丛冬青、白得近乎透明的水兰花、浸入水中的木块、木贼丛的枝条、青苔上羞答答的勿忘我、躲藏在水下树根里的小鱼群，所有这一切都是如此的美妙。我们连说话都悄悄地，仿佛进入了童话世界。在这茂密的森林里，我们可以看到野花在眼前绽放，晶莹的露珠从花瓣滴落到花托上，棕褐色的树叶微微颤动，矮墩墩的蘑菇从叶丛下探出头来，立在自己褐色的小菌帽下。

湖边的树林倒映在水中，湖水显得出奇的黑。白杨的落叶漂浮在湖面上，好像初秋漫不经心丢弃的珍宝。

假如能让时光慢点流逝，假如能让静寂的湖面与蔚蓝的天空永驻，假如能长久地眺望掠过水面的鸟影和射向天空的湖光，该有多好啊！

我们顿时理解了"完美"这个词的真实含意，但同时又隐隐感到有些遗憾。遗憾什么呢？遗憾人无论怎样努力，也无法用语言来形容这蓝天、这湖水、这野草、这肃穆的寂静所蕴含的魅力，以及此时此刻我们心中所产生的一切迷惑，甚至还懊恼只有我们看到了这一切——这美景该让每一个热爱它的人看到才是。人在幸福的时候是慷慨的，总是竭力想成为美好生活的向导。此时我们沉浸在幸福中，可是却说不出来，因为狂喜的心情已经无法用任何欢呼来表达了。

湖边的林中空地上有一条长椅，是用白桦树干钉制的。长椅旁钉着一块小木板，上面写着：吸烟处。下边有一行粉笔字：注意！爱护森林，严禁烟火。巡林员阿列克谢·热尔托夫。

我们发现长椅四周的地上只有一截棕黑色的烟头，显然，这条路上的行人十分稀少，一星期内或许只有两三个人路过这个护林区。人们这样爱护森林，真叫我们感动不已。从地图上看，这条路在利涅维湖再往前大约5千米处的丛林深处消失了。

护林区位于普拉河河湾旁的丘陵上，高大的树冠之上耸立着一块大木板，上面白底黑字写着"二七三"。从森林上空飞过的飞机，看到这块标记板，便可确定方位。

巡林员阿列克谢·热尔托夫是个饱经风霜的老人，他戴着顶圆便帽，帽箍上有巡林员的徽记——两片铜制的橡树叶。他正坐在农舍窗边的长椅上读报，好像没有看见我们正慢慢朝护

林区走来。

他显然是在耍滑头，其实他早已从小窗口看见我们了，却故意拿着报纸装模作样地走到门口。从阿列克谢·热尔托夫（也就是"列沙大叔"）脸上的表情可以看出，他对路经此地的行人并不感到惊讶。他看上去和蔼明礼、饱经世事，根本不会好奇我们是谁，为什么来，又要到哪儿去。

与列沙大叔一交谈，我们就发觉这是一场智力的较量，稍不留意，他就会把我们这些缺乏经验的城里人弄糊涂。

我们谈到旱灾，谈到某个地方的火灾，得好好想想——对了，是克里乌斯的森林火灾，还谈到丰收，谈报上的新闻，谈克列比克的集市，可就是一句也没谈到过夜的事以及我们是谁。关于这些问题，不该马上询问，要待一会儿，这也是这块土地上亘古不变的习俗。

我们谈了好一会儿，喝了松树下的泉水，又赞美了一番泉水，抽过烟之后，这才谈到正题：能不能在列沙大叔家里借宿几天？他的老伴是否同意给我们做饭？

"草棚够大的了，干草也很多，你们想住多久就住多久。我一向好客，至于吃饭嘛，这不关我的事，该问问我的老伴阿里莎。我不知道她答不答应，这是她的事，女人的事。请进屋来商量吧！"

阿里莎大婶是个瘦小的老太太，脸色黝黑，很严厉的样子。她说，老天爷保佑，怎么能做得了5个人的饭呢？根本办不到！说不定又会发生像前年那种不合林务员心意的事了：她煮好了鱼汤，可那林务员却嫌太油腻，甚至还嘲笑她。至今她都忘不了这件事，这让女主人感到很委屈。做饭是小事，可天知道熬什么粥呢。这些城里人都是娇生惯养的，她的粥虽说熬得很不错，但毕竟是家常便饭。

我们一再央求，可阿里莎大婶仍固执地说："我真不知道该怎么办……"

过了一会儿，她突然着急地问："你们的行李和猎枪怎么都扔在门外边了呢？快拿进屋来。你还坐着干什么？又犯烟瘾了？"她冲老头喊了一声，"快帮他们把东西拿进来！他们走了一夜，都累了，你光顾着聊天。他们要在我们这儿住好几天，有你嚼舌头的。"

她边说边动手擦干净桌子。

"我这就给你们拿牛奶来。你们想吃什么？我马上去烧茶饮、炸鱼给你们吃。这鱼是老头今天早上刚捉来的，你们到那儿看看就知道了。"

从这一刻起，阿里莎大婶又习以为常地忙碌起来，像对亲生儿女一样地关照我们。她的眼里流露出温存而又激动的神色，嘴里不住地说："天啊，有3年多没人来做客了！太谢谢你们了。你们要在我们护林区多住几天，我的儿子和女儿也会很高兴的。他们简直要和外面的世界隔绝了。我在这个偏僻的地方住了一辈子了，我的女儿们个个聪明漂亮，儿子也一样。这会儿他们都在森林里，在帮他们的老爹巡林呢。我们这里巡林是不能停的，一个人怎么能照看得过来呢！"

我们在护林区住了几天，到舒亚湖捕鱼，在奥尔沙湖畔打猎。那儿清澈的湖水只有几厘米深，水下是无底的淤泥，打中的野鸭一旦落入水中，你就休想捞上来。在奥尔沙湖畔行走，为了不致陷入淤泥里，我们只好穿上守林人宽大的滑雪鞋了。

不过，大部分时光我们是在普拉河畔度过的。我曾到过俄罗斯许多风光如画的僻静地方，但从没见过比普拉河更清澈、更幽深的河流了。

普拉河两岸苍松挺拔，松林中杂生着古老的橡树，还有垂柳、赤杨和白杨。造船用的大松树被风刮倒，横躺在褐色的但却清澈见底的河上，像一座古铜铸成的桥梁。我们坐在这棵松树上，垂钓就是不肯上钩的鲹鱼。

河水不时地冲刷着沙洲，沙洲上长满了款冬草和野花。在这片白色的沙滩上，我们看不到一处人的足迹——只有狼、鹿和鸟儿们留下的爪印。

靠近河边，生长着一丛丛的石楠和越橘，夹杂着眼子菜、粉红色的泽泻和兵草。

河道转了几道奇异的弯儿后，隐没在阴暗的森林深处。翅膀闪闪发光的佛法僧鸟和蜻蜓，在奔流的河水上不停地飞来飞去，几只大鹞在高空翱翔。

周围的一切都已凋零。无数的落叶、枯萎的草茎、光秃的树枝和坠落的花蒂覆盖了我们的去路。在这些植物的重重包围中，我们感到茫然，于是便停下脚步，深深地呼吸着古松那酸涩的气味，吸得肺都痛了。松树下是厚厚的干松果，一脚踏上去就能没到脚脖子。

风不时地从下游、从林间空地、从依然是艳阳高照的初秋晴空处吹来。一想到这条河静静地流淌了近 200 千米，周围除了一望无际的森林便没有一户人家，心就有些发紧。在河岸上的一些地方，有几处采松香的人临时住的窝棚，隐隐燃着的湿松根冒着微带甜味的轻烟，在林间缭绕。

　　这个地区最令人感到惊叹的是空气，空气清新而纯净。这清新使空气中所怀抱的一切显得格外鲜明，甚至在闪闪发光。远远就能望见松树暗绿的针叶簇中的每一根枯枝，它们仿佛是锈铁铸造的一般，还能望见蜘蛛网的每根细丝、树梢上的褐色松果和野草的细茎。

　　清新的空气将一种非凡的力量、一种纯真赋予了周围的一切。尤其是在清晨，万物沐浴在朝霞中，晨雾尚弥漫在洼地上的时候。

　　中午，河流和森林树冠上闪动着无数五颜六色的光斑：金黄色、深蓝色、翠绿色和霓红色。太阳的光束忽而暗淡，忽而通红，把整个丛林变成了一个充满生机的世界。凝视这浓淡相间的绿色，眼睛也得到了休息。

　　飞翔的鸟儿划破了这晶莹剔透的空气，快活地扇动着翅膀，振得空气发出微微的嗡嗡声。

　　森林的气息像浪潮般涌来，这气息一时很难辨清，所有的气味混杂在一起：松树、石楠、河水、越橘、腐烂的树根、蘑菇和白莲，或许还有天空自己的气味……天空是那么的蓝，那么的透明，不禁令人感到这蔚蓝如海的天空似乎也在散发着自己独特的气味，散发着从温暖的海岸边吹来的风的气味。

　　真的很难立刻将自己的这种感受表达出来，或许，更确切地说，我们大家所体验到的这种心情，可称之为对笔墨难以描述的故乡之美的神往。

　　屠格涅夫曾谈到过富有魅力的俄罗斯语言的感人性，然而他并没有说明语言的魅力产生于生动感人的大自然，产生于人的优秀品质。

人的优秀品质，具体地说就是劳动勤恳，性格开朗，心地善良，不仅善待人，而且善待其他的生灵。

列沙大叔一直在叹气，心急如焚地企盼着下雨。这不是没有原因的：森林都干枯了，谁能料到它不会因一点儿小火星而引起火灾呢?!

第三天，灰蒙蒙的雨雾一大早就笼罩了森林，列沙大叔高兴地喊："下雨啦！啊，真是场及时雨，不然的话，森林眼看就要自燃了！"

夜里听到护林区四周麋鹿的鸣叫声，列沙大叔总是很伤心：今年的鹿鸣声弱多了，麋鹿减少了，因为被狼咬死的太多了。于是他决定派儿子到克列比克去，请当地的猎人来剿狼。

我们住下的第一天傍晚，列沙大叔的两个女儿和两个儿子巡查完森林回来了，他们在农舍旁的小湖畔洗脸。我们遇见了他们，他们都显得很羞怯，并有些激动。

姑娘们使劲儿地用牙粉刷着牙，其实，不用这么使劲，牙齿就已经亮晶晶的了。晚上，她们穿着窸窸作响的节日服装进屋喝茶。黝黑的皮肤，金黄的头发，即使是那低垂着的长睫毛，也没能遮住她们双眸中闪闪的亮光。

大儿子很拘谨，也非常客气。他跟我们谈起莫斯科，谈到希什科夫①的《忧郁的河》（他刚刚读过这本书），说出了自己心中的秘密——一个已经实现的梦想：再过两三天，他就要到弗拉基米尔农业技术学校去学习了。小儿子则微笑不语，拉着手风琴轻声唱歌：

---

① 希什科夫（1873—1945年）：俄国现代作家。

手风琴手在拉奏着，

古老的圆舞曲"秋之梦"……

　　姑娘们很快就不再羞怯了。她们托着腮帮坐在桌边，静静地听着我们的谈话，一双双眼睛凝视着我们，目光迷茫而欢欣。或许，在她们眼里，我们是从一个博大的、极其诱人的世界来的，她们迟早也会到那里去的。

　　过了两天，我们才知道，列沙大叔一家并不是这个荒僻林区的唯一居住者。

　　这天，我们到普拉河的下游去捕鱼。黄昏时分，两个赤着脚的孩子从森林里出来，悄悄走到河边沙滩上。他们怯生生地靠近我们，轻轻说了声："你们好！"便一屁股坐在草地上，一副生怕惊动了鱼的样子。

　　"怎么样了？"稍大些的孩子低声问道，"鱼上钩了吗？"

　　"慢慢上钩了。"

　　两个孩子彼此交换了眼色，没有做声。他们不时互相碰碰，但仍坐在原处。

　　"你们是从哪儿来的？"我问他们。

　　"从村里。"

　　"哪个村？"

　　"茹柯夫斯村。在森林里，离列沙大叔家 4 千米远。"

　　"你们村有几户人家？"

　　"两户。"

　　"你们这是到哪儿去呢？"

"来找你们。"

"找我们？为什么？"

孩子们扑哧一声笑了，互相瞧了瞧，又互相推搡了一下。

"你说！"稍大些的孩子嘶哑着嗓子说。

"不，还是你说吧。你大，我小。"

"找我们干吗？"我又问。

"给你们送一封信。"

秘密显然复杂化了。

"谁写的？"

"一个猎人。他也是莫斯科人，住在我们村里。"

稍大些的孩子从怀里掏出一张便条递给我。

便条是用铅笔写的：

"获悉来自莫斯科的客人到这偏远荒僻之地，甚是欣喜。兹恳请你们今晚前来敝舍，喝杯清茶。"署名不认识。

"你们是怎么找到我们的？"

"顺着脚印找来的。到你们这儿才 10 千米，不太远，我们就跑来了。"

"为什么你们坐了半天都不说话，也不把信交给我们呢？"

"我们不好意思。"稍大些的孩子壮着胆承认。

说完，两个孩子一齐站起来，向森林里跑去。小一点的孩子边跑边不时回头看我们，结果绊了个大跟头。

傍晚，我们拎着一盏"蝙蝠"风灯，到隐居的猎人家去了。

潮湿的小径上夜雾弥漫，寒寂的月亮升起在丛林上空，猫头鹰低低地飞过，风灯照亮着地面上的树根、野草和暗黑的小溪。走了好一会儿，前方出现了轻烟缭绕的一点火光。我们走近黑暗中的两所农舍，农舍旁燃着几堆篝火。

原来，村民为了吓跑狼，整夜都燃着篝火。

出来迎接我们的是一个清瘦的老猎人，他正是那位隐居者。他请我们到他那光线昏暗、空荡荡的农舍里喝茶。这期间，一头小牛犊总想从干草堆钻进他的农舍来。

这位猎人是泥炭研究所的职员。几年前，他和一个考察小组到这个地区勘探新的泥炭层，从那时起，他便深深地爱上了这个地方，每年秋天都到这里来休假。他说，你们是最近几年第一批来这里的莫斯科人，怎么能不邀请你们到我这儿坐坐呢？

直到深夜，我们才返回。不知是什么鸟，在沼泽里凄婉地低声鸣叫。月亮低低地悬在天边，银色的月光映入丛林，一只麋鹿在林中哀鸣不止，不知在悲伤地呼唤着谁。

列沙大叔家的小窗户还亮着灯光，显然是在等我们。列沙大叔正坐在桌旁，戴着铁框眼镜，翻阅着厚厚的 1949 年的日历。他的两个女儿互相依偎着坐在俄罗斯式火炉旁的长凳上，摇晃着身子，轻轻地唱着：

> 离别时你给我扎紧了花边头巾。
>
> 你我好比头巾的两角，
>
> 相聚在这岁月里……

深夜，我在草棚中醒来，透过木板棚顶的缝隙，望见在天空中闪烁的星星。远处的地平线上，似乎有狼在嗥叫。多么美

妙的夜景啊！躺在温暖的干草里，聆听这夜晚的声音，想象着
这片森林、阴暗的小路、湍急寒彻的河水，想象着河岸上熟睡
的船夫们，还有夜雾中已燃尽的篝火。

清晨，我们动身到斯帕斯——克列比克去。这是一个阳光
灿烂的宁静的日子，红叶飘零，洒落在地上。森林里薄雾弥
漫，一切都笼罩在这离别的雾霭中。首批南迁的灰鹤婉转长
唳，从我们的头顶上空飞去。

（胡真　译）

45

# 宝 藏

从奥卡河向北绵延的这片森林，自古以来素有"沉睡之林"之称。

早在 20 世纪 30 年代初期，我曾与阿尔卡第·盖达尔一起跋涉数十千米，走遍了这一带的森林。

在漫游途中，我们多次谈到过"沉睡之林"这个民间古称，对精美的俄罗斯语言钦佩之至。这一座座城堡似的森林的确在昏昏沉睡——不仅是森林，就连森林环抱中的风光秀丽的湖泊与河流，也都在沉睡。河岸上丛生着杜鹃泪花，民间管它们叫"梦之花"（这名字与"沉睡之林"很相称），它们也昏昏欲睡得头都快垂到地面上了。

我们漫游的时候，偶然发现了一片空旷的烧荒地和暴风吹倒的一片林子。蚊子和牛虻遮天盖地，嗡声一片。整片的树林被毛毛虫剥蛀得光秃秃的，枯树枝上缀满了蛛网。

见此情景，我们期盼我们的苏维埃政府能尽早修整这片被人遗忘的荒原，憧憬着人类终有一天会来拯救这衰落的一切。

在一处叫"官渠"的森林砍伐地，有一个古老的木屋坐落在一条芦苇丛生的浅渠旁，"官渠"也正是由此而得名。

这条渠是 19 世纪 60 年代挖的，为的是排除韦利基沼泽的水。结果，沼泽的水没排掉，这条渠却留下来了，显然，它成了当年土地开垦家计算失误的见证。

夏天，小木屋里住着两个炼焦油的人——瓦西里老爹和他 10 岁的孙子季沙。

有一次，我们在瓦西里老爹的木屋投宿。

夜幕降临了，微黄的雾霭弥漫在这片土地上，草虫噗哒哒地在散发着松脂味的残根断枝间蹦来跳去。太阳在丛林后沉没了，留下一片惨淡灰暗的余晖。渠中，小鱼穿梭般地游来游去，水老鼠不时地"吱吱"叫着。

木屋里闷热得令人窒息，墙上悬挂着一幅褪了色的旧版画——《攻打冬宫》。

我们随身带了些面包和白糖，瓦西里老爹叫季沙去烧茶饮。

瓦西里老爹一边喝着茶，一边用衬衣袖子拭去额角的汗珠，说道：

"我们干的这种活儿，起码有一个好处，就是长寿。我们这帮焦油工，每个都结结实实的。我们浑身上下涂的全是焦油，所以从来不生病，就连蚊子也不敢叮我们。不过，话又说回来，你们都看到了，这是种什么日子！除了焦油、木炭、荒地和烧毁的残株外，还是荒地！"

他唠叨着，小心翼翼地取出一块糖来。在他那粘满焦油的手指中间，糖块显得格外雪白。"从前荒凉的地方，现在还是！政府好像把这地方全忘掉了。"

"轮不到这儿了。"季沙冒了一句。

"哎，要是他们叫我到莫斯科去一趟，详细介绍介绍这里的情况就好了……我会对他们讲的！阿尔卡第·彼得罗维奇，你能不能帮我想想办法，啊？让我到莫斯科去一趟？"瓦西里老爹问。

"这可不容易，"盖达尔为难地说，"再说，别看你在这儿挺勇敢的，一到莫斯科你就说不出话来了。"

"你说得不对！"季沙反驳道，"我爷爷可是个非常非常勇敢的人。"

"说得对！"瓦西里老爹赞赏地说，"季沙，说得对！哪怕让雷劈死也要说。"

"那么，你要是到了莫斯科，打算说什么呢？"盖达尔问。

"先要讲讲森林。唉，上帝呀，这是片多么美的森林啊！我还要说森林里有许多树都枯死了，整棵整棵的树都在腐烂，各种各样的寄生虫从这些朽树中爬出来，啃噬正在生长的树木。还有那些湖泊，里边填满了腐烂发臭的朽木，湖里连个撒网捕鱼的地方都没有了，渔网一撒下去，准会被什么东西钩住。在这些沉入湖底的烂木头中，有许多黑色的大鲈鱼，它们像躲在洞穴里的一群强盗！那大的鲈鱼就跟这个托盘一样。"瓦西里老爹指着放茶炊的大铁托盘说，茶炊正发出"咝咝"声。

"还有深不见底的泥炭沼。河里还有麝鼠、水獭和圆腹鲈。

多好的森林啊！那一块块被洪水淹过的草甸子沿奥卡河逶迤数百千米，草甸上鲜花盛开的时候，浓郁的花香会让你一辈子都忘不了。不过，我发现草地上的优质草越来越少了，都是些杂草、山楂棵和藤蔓。可以说，我们这儿已经快被人遗忘了。只要好好修整一下，这儿一定会成为一块宝地的。"

第二天早晨，我们一觉醒来时四周静悄悄的，只听见露珠从屋檐滴落到倒置的水桶上的"嘀嗒嘀嗒"声。

太阳冉冉升起，它已不像西落时那样晦暗，大概是睡了一夜的好觉吧，精神焕发，光芒四射。

我们沿着渠岸向前走，想找一处水深些的地方洗个澡。

"站住！"盖达尔突然叫起来，"看那边树丛后边，有个什么小东西？"

这个"小东西"原来是个约摸七八岁的小姑娘。她一看见我们，就躲到毒莓丛后边去了。

我们走到小姑娘面前。她坐在草地上，瞪着一双大大的蓝眼睛，惊慌失措地看着我们。她身旁放着一罐牛奶，牛奶罐上盖着一块干净的布。

小姑娘头上包着一块褪了色的黄头巾，穿着条黑色长裙，这裙子显然是她姐姐穿旧了给她的。

"喂，小姑娘，你为什么跟在我们后边？"盖达尔问，"说实话吧！"

"我是从沙穆利诺村来的。"小姑娘赶忙爬起来答道。正当她爬起来时，一脚踩在自己的裙襟上，差点儿摔倒。"我们村就在沟渠那边，总共有9户人家。"

"你是季沙的妹妹?"

"嗯，我叫丽莎。季沙冬天就上四年级了。"

"你呢?"

"我没上学，我还小。我每天早上到这儿来给爷爷和季沙送奶。那你们是谁呢?"

"勇敢的旅行者啊。"盖达尔答道，"我们来这里找一种可燃的白石头，在这种白石头下有珍贵的宝藏。你见过这种白石头吗?"

"没有，"小姑娘几乎有些内疚地说，"也许别人见过，可我没见过。这到底是什么宝藏呢?"

"等你长大后，你就知道了。"

我们待了一天才离开烧荒地。那铺满枯黄松针的荒芜的林间小径又在我们面前延伸，松树的梢头不停地发出均匀的飒飒声，一片片云朵仿佛渐渐融化在蓝天里了，啄木鸟仍在一个劲儿"嗒嗒嗒"地啄着枯树，不时愠怒地斜眼看看我们。

※　　※　　※　　※　　※

一晃 20 年过去了，我们的国家也发生了翻天覆地的变化。

我很想知道我和盖达尔曾经漫游过的那个地区在这些年里发生了什么变化。那一带森林区就在奥卡河对岸。

当我乘坐一辆卡车驶上浮桥时，天色已经很晚了。浮桥刚刚拉开，一艘拖船拽着一串驳船逆流而上，轮叶忙碌地拍打着水，发出一阵阵"啪啪"声。驳船的甲板上载满了崭新的"胜利"牌汽车。

我走出驾驶室，深深地吸了口从河对岸飘来的清新空气。

"这是苜蓿的香味，"上了岁数的司机告诉我们，"这里所有的草地现在都种上了苜蓿。"

我们很快就到了这片草地上。在夜幕笼罩中我们虽看不清草地，但却感到自己已置身于清凉湿润、芳香扑鼻的草的海洋之中了。

"这个地方有一个人，"司机说，"你免不了要跟他打交道的。他叫吉洪·切尔诺夫，是这个区执行委员会的主席。你听说过他吗?"

"我没听说过。"

"他可是个非常出色的人，一个十足的新潮人物（这司机爱用些新词汇，比如把汽车引擎说成'内燃发动机'，谈到植物时，他会说'植物群日新月异'）。这么说，你没听说过他?"

"我有 20 年没来这儿了，怎么知道他是谁呢?"

"20 年可真够长的了!"司机感慨道，"你现在显然也不认识这些地方了。如今，在我们的草地上有许多许多机械，就像举办展览会一样，什么机械都有：沼地排水机、灌木铲除机、挖沟机、种草机。各类草地工程技术人员也都集中到这儿来了。可以这么说吧，改造大自然的时代开始了!"

司机沉默了一会儿，又说道："我们到波利亚尼了。可上哪儿过夜呢? 时间已经太晚了。"

我们商量好，在碰到的第一座亮着灯的房子前停下。

村口附近有一座房子，两扇窗户还亮着灯，我们就在这所房子前停下了。

"太好了，这是一所学校!"司机高兴地说，"有个女教师住在这里。听说，她是个有新思想的姑娘。"

我们敲了敲门，一个梳着两条乌黑长辫的姑娘给我们开了门。她说，我们可以在教室里借宿一夜，并请我们喝茶。

我们谢绝了，但是姑娘坚持邀请我们到她的屋里坐坐。在灯光下，我打量着她，她那双眼睛尤其迷人，碧蓝而恬静。

桌上摆着一张盖达尔的小型肖像。我凝视着姑娘，说："你不记得我了？"

姑娘看了我一眼，摇了摇头。

"那你可记得盖达尔？"

"那当然啦！"姑娘兴奋地大声说道，"你等等。原来你就是那个跟他一起到'官渠'来的人吗？真是没想到！"

"那么，你就是丽莎啰？"

"是的，我就是丽莎……我这就去泡壶茶来，咱们好好聊聊。我哥哥很快就从区执行委员会回来了。"

"你是说季沙吗？"我问。

"对，是季沙。他是我们区的执行委员会主席。"

"看来我们是撞了个正着！"司机兴奋地说。

"简直太巧了！"丽莎摆好桌子，不由自主地笑着感叹道。她激动得满脸通红，甚至连气都喘不上来了。"你知道吗？盖达尔回到莫斯科后还给我来过一封信，信中讲的全是关于受魔力控制的凡人找不到宝藏的事。那时我还小，不识字，是季沙把这封信念给我听的。盖达尔在信中写得可好啦，他说，'丽莎，虽然我们向所有遇见的飞禽走兽都打听过了，可是，我们还是没有找到宝藏。后来，我们碰到一个白发苍苍的采蘑菇的

老爷爷，他说什么白石头下都没有这种宝藏，从来就没有过这种玩意儿，而这世上真正的宝藏就是一颗真挚的心。所以，丽莎，你要永远心地真诚，而且一定要用功读书。'一遇到烦心的事，我就读一遍盖达尔的这封信，心情就轻松了。"

"是啊，一句温暖的话能抚慰人的心灵。"司机笑着说。

"对了，瓦西里老爹怎么样了？"我问，"他还健在吗？"

"不，他已经去世了。"

"可他从前不是常说，死亡轮不到他们焦油工吗？"

"是的，不过这是他的口头禅。他是个非常关心自己家乡的人，老是嚷嚷说这儿总有一天会成为一块宝地的，他要是能亲眼看到现在这一切就好了。我们正在刈除丛莽、翻耕土地、施用肥料、播种优质饲料草。如今你都认不出这片草地了，它简直像个大花园。这里还建起了一座发电站。森林里也都修整得井井有条了，所有的枯树全部清除干净，拓宽了防火林带，荒地上种上了松树。'官渠'的小松树长得都有天棚那么高了，茂密得让人都走不过去。"

"这可要归功于吉洪·伊万诺维奇了。"司机插了一句。

"这倒是真的，"丽莎表示同意，"季沙的确做了一些工作，他受过高等教育，是个土壤改良专家。而我呢，就是教教书——教俄文和文学。"

我们又谈了很久，可是季沙还是没有露面，直到第二天早上在区执行委员会我才看到他。区执行委员会的办公室里光线充足，空气流通。地板刚擦过，还有些湿，但当阳光射进屋后，地很快就干了。打开窗户，可以看到雾气笼罩着的草地上到处都是水洼子，像一片片云母似的闪闪发光。

我见到季沙时，没有马上认出眼前这个身材颀长，佩戴一枚"红星勋章"，而又穿着没有肩章的军服的人竟然就是季沙。虽说他昨天一直工作到深夜，但身上依然很整洁，脸也刮得干干净净的。

季沙——他对我来说永远是季沙，尽管大家都叫他吉洪·伊万诺维奇——只字未提他是如何从一个小焦油工成长为土壤改良专家和区执行委员会主席的。当我问他时，他只是淡淡地说："这有什么了不起？像我这样的人有的是。"

一个脸上长着雀斑的高个子司机从窗户探头进来。

"吉洪·伊万诺维奇，"他焦急地说，"我们快走吧！海狸都待不住了，说不定会咬坏栏杆钻出来，它们的样子凶极了。"

"用不着担心，它们吃不了你，"季沙笑着说，"我们马上就走。"他转过身来对我解释："我们开始在贝拉雅河饲养海狸了。有一批新海狸刚从沃龙涅什运来，你愿意跟我们一起去吗？顺便看看我们的老地方。"

我欣然同意。

我们爬上卡车，海狸们使劲地拨着笼子，气呼呼地发出"吱吱吱"的尖叫声。

一出村口，汽车便开进了森林，径直驶上一条坚硬的沙丘道路。

从前这些地方都堆积着被暴风吹倒的树木，现在却长满了茂密的桧树和榛树。

森林里的空气让人感到格外清新舒畅。或许正是这个原因，季沙突然没头没脑地说："这话说得可真对，'花丛树下，和风习习，空气清爽'。"

汽车开到林中溪流边的一个小型发电站前停了下来。中午，松林上空微风轻拂，树梢摇曳，簌声一片，但风吹不到地面，因此树下一丝风也没有。

发电站悄然无声地工作着，只有水闸附近有低微的水流声。我好像听见发电站里有人在唱李姆斯基·柯萨阔夫的歌剧《萨德科》<sup>①</sup>中的歌曲"石洞里有数不尽的宝石……"

我还是头一回看到这种全用木材建筑的发电站。里边清洁无尘，空气凉爽，散发着阵阵树脂的芳香，榛树的枝条低垂在敞开的窗前。一个身穿汗衫，皮肤晒得黝黑的小伙子正坐在小板凳上。

"他是我们的电气技师。"季沙向我介绍说。

小伙子不好意思地说："吉洪·伊万诺维奇，对不起，我在这里值班，顺便温习一下我所知道的歌剧。"

"哈哈，大剧院上这儿来演出了！"季沙笑起来，转过身子对我说："这个发电站是我们自己建的，完全靠我们集体农庄自己的力量，但这还算不上什么发电站，只是个小玩意。不过，很快我们就要在利涅夫湖上建一座烧泥炭的大型发电站了。到那时，我们这里的耕地、挤奶和锯木材等工作都能用电力来完成了。"

---

① 《萨德科》是俄罗斯作曲家李姆斯基·柯萨阔夫根据俄罗斯民间神话故事创作的一部歌剧。歌剧通过塑造俄罗斯一个青年琴师萨德科的英勇形象，刻画了俄罗斯人热爱祖国和人民，勇敢机智，并对未来抱有必胜信念的精神风貌。

我以前到过利涅夫湖，所以很难想象那里能建起发电站。20年前，利涅夫湖可真够荒凉的——森林里的住户常说，连鸟儿都不敢飞到那里去。

整整这一天我都沉浸在一种新鲜感中。桦树、松树、簇叶、青草、空气和林中湖水，这一切都是那样灿烂夺目，并透着清新。

"你感到吃惊了吧?"季沙问，"还记得吧，当初这里有多阴暗、多荒凉啊!"

我们从小发电站来到贝来雅河。这里笼罩着圣殿般的静穆，苍翠的松林在碧绿的河水中投下了清晰的倒影。

养兽员来了，他是个外表严厉、沉默寡言的人，他把海狸从笼子里放出来。海狸们在下水之前，用瘦瘦的爪子梳理着皮毛，根本不理睬我们。

"多有教养的海狸!"司机说道，"它们不想弄脏河水。"

傍晚时分，我们终于到达了"官渠"。现在那里已经盖起了好几座木板房，作林务办公室用。不过，瓦西里老爹的旧木屋还在那儿，如今成了晾干松果的棚舍。

我和季沙在"官渠"边坐下来。夜幕渐渐笼罩了天际，一条沉甸甸的大鱼在水中激起了浪花。

"大概是鲷鱼吧，"季沙说，"瓦西里爷爷在世的时候，这儿只有鲈鱼。你来得正是好时候，万物繁茂昌盛，是一年里最美好的时光。你已经去过我们的草场了吧?"

"不，还没有去过。"

季沙沉思了片刻。

"任何地区，即使是最荒僻的地方，都有巨大的希望。"他感叹道，接着又重复了一句，"都是大有希望的。我想，丽莎跟你说过'珍奇的宝藏'吧？这当然是真的，真挚的心就是'宝藏'。我认为每个地区都蕴藏着自己的宝藏，世上没有比我的故乡更亲切可爱的地方了。以前这里土地贫瘠，只能种点土豆，到处都是蚊子和腐烂物，所以有些人管这里叫'穷乡僻壤'。如今，你看吧，还是那些人……你记得吧？他们以前总是说：'我们能怎么办呢？''没准有一天……''难道能改变这个穷地方吗？'……而现在，人们过得多快活啊！我带动大家，大家也带动我。总之，我们共同努力，拼命地干。人们对新生活已经等不及了，他们现在就迫切需要这一切——发电站、泥炭厂、直通省城的公路、大批草药、良种牲畜、花园、蜂房以及新校舍等。虽说这儿乍看起来似乎是个不起眼的地方，但是，这儿有许许多多的工作要做。当然，主要是发展我们草场的经济。过几天，省委书记就要到克里姆林宫去了，向政府汇报把奥卡河泛滥区改造成莫斯科牛奶基地的事。我们为此事专程开会研究，以便向政府提供具体可靠的依据，充分说明我们这里所拥有的财富以及潜力，并讲清我们草场的实际情况和我们需要做的工作。我们已决定把一些生长在这个地区的新鲜花草送到莫斯科去。"

"你们用什么办法把这些新鲜的花草运到莫斯科呢？"我问道。

"把花草扎成捆放在水桶里，用卡车运。你想不到吧？"

※　　※　　※　　※

几天后，采集花草样品的工作开始了。

丽莎负责这个工作，于是她召集起学校高年级的孩子们。我到她那儿时，大约有 30 多个孩子正坐在学校附近的木头堆上，热烈地讨论着哪些草地上可以挑选出优质花草。有的主张应该沿斯达里察湖边走，有的建议到斯图坚涅茨河岸上去，还有人赞成去那个叫"马尾巴"的神秘地方，而一个年纪最小、头发蓬乱的小姑娘叹着气说：

"你们都说错了！应该到'寂静浅滩'去，那里的花开得可旺盛啦！"

谁都知道采集花草最好是在清晨，在太阳升起之前，或是夜幕降临之前，炎热减轻的时候。要不，花草很快就会打蔫的。

最后大家决定在黄昏时分采集花草。先把花草送到波利亚那去，在那里逐一检查之后，再连夜运到莫斯科。

我跟着丽莎和学生们到草地上去，和我们一起去的还有许多人，其中包括我的司机。

人人都在尽力寻找最大的花，人人都夸耀自己采的花最美。

我们从草地返回时，已经夕阳西下了。雾气笼罩在湖面上，秧鸡"啾啾"的叫声在洼地上回荡。

野蔷薇竞相开放，迎来了星光灿烂的七月之夜。

一架喷气式飞机划空而过，在渐渐暗淡但却洁净的夜空中留下了一缕显眼的白烟，这缕白烟一直升腾到一颗星星前。白烟和星辰倒映在斯达里察湖面上，湖水也像夜空一样，显得更加深邃了。

斯达里察湖畔的野蔷薇丛中，夜已经悄悄走近了，只有灌木丛中的花朵眷恋着夕阳残辉，抵抗夜幕的降临。丛林中的一只夜莺有气无力地、短促地叫了一声，像是害怕打破黄昏的沉寂似的，只是踌躇地试了试嗓子，随即便沉默了。

木星在黑魆魆的森林上空出现了，它缓缓地升起在草地、柳林和雾幔上方——升到了这片我们最熟悉、最热爱的土地上空。

（胡真　译）

# "浓毛"老熊

　　阿尼西娅奶奶的儿子（绰号叫"大别佳"）在战争中牺牲了，剩下孙子跟奶奶一起生活。大别佳的儿子叫小别佳。小别佳的母亲——塔莎，在他两岁那年就死了，所以，小别佳一点儿也想不起他母亲是什么模样。

　　"她一直拉扯着你，疼爱你，关心你。"阿尼西娅奶奶说，"秋天她得了感冒，后来就死了。你很像她，只是她爱说话，而你怕见生人。你总是一个人躲在角落里想心事，可是思考问题对你来说也太早了些。你不必忙着为生计着想，日子还长着呢，你数数有多少天？数都数不过来哩！"

　　小别佳渐渐长大了，阿尼西娅奶奶决定让他去放集体农庄的小牛犊。

　　这群牛犊大多耷拉着耳朵，显得很温顺。只有一头小牛，脑门侧面长着一撮茸毛，喜欢踢人，小别佳管它叫"小蛮汉"。每天，小别佳把牛群赶到维索卡娅河畔的草地上去吃草。爱喝茶的老牧人谢苗送给小别佳一把小号，小别佳吹响号角，号角

声在河面上回荡，把牛群召集到一起。

你大概再也找不到像维索卡娅河这样的好地方了。陡峭的河岸，遍地长满多穗的野草，树木丛生。别的地方即使是太阳正当午的时候，也会因老柳树而显得阴暗。这些老柳树将自己粗壮的枝干浸入河水中，那些细窄的银色柳叶像小欧鲌鱼似的，在流水中颤抖着。当你从柳林底下钻出来时，强烈的阳光便从林边草地袭来，刺得你不得不眯上眼睛。维索卡娅河畔则到处是一丛丛的小白杨，一片片白杨树叶在阳光下闪闪发光。

生长在陡峭河岸上的悬钩子牢牢地绊住了小别佳的脚，他费了好大的劲儿，才摆脱这些带刺的藤蔓。不过，有时他也像其他的淘气鬼一样，不再用脚去踩，而是用棍子抽打悬钩子。

维索卡娅河里有许多海狸，阿尼西娅奶奶和谢苗爷爷都曾严厉地告诫小别佳：不要靠近海狸穴。因为海狸是一种很特别的动物，一点儿也不怕乡下的小淘气包们，甚至会咬伤他们的腿，让他们变成瘸子。然而窥视海狸是小别佳的一大乐趣，所以临近黄昏，当海狸从洞穴里爬出来时，他便屏住气悄悄地坐在洞旁，免得惊吓了警觉的海狸。

有一次，小别佳看见海狸从水中爬上来，卧在岸边，开始用小爪子挠自己的胸脯，然后用尽力气抽打胸部，想晾干胸前的毛。小别佳不禁笑出了声，海狸回头看了他一眼，"吱"地一声尖叫，迅速潜入水中。

另一次，随着"轰隆"一声巨响，一棵老柳树突然倒了，

"哗"地砸进了水里，惊得水下几只斜齿鳙①闪电般地飞逃而去。小别佳跑到柳树旁，原来柳树已被海狸用牙咬穿了心。而这些海狸正坐在掉进水中的柳树枝上，嚼着柳树皮呢。谢苗爷爷告诉小别佳，海狸先用牙啃柳树底部，然后用肩头使劲儿顶树，直到把树顶倒。从这棵树的粗细以及海狸的食欲看，这棵老柳树足够它们吃一两个月了。

维索卡娅河畔茂密的树簇下从来就没有安静过，各种各样的小鸟在那里忙碌着。啄木鸟有一对机灵的黑眼睛，它的嘴就像乡间邮递员伊万·阿法纳西耶维奇的鼻子那样尖尖的。每天，啄木鸟都飞到一棵棵干枯的黑杨树上，用力地啄啊，啄啊。它每敲击一下，就急忙把头缩回来，眯着眼睛打量一下，接着又敲击树干，"突突"声从树梢一直传到树根。小别佳十分奇怪——啄木鸟的头怎么这么结实，整天在树上啄，却一点儿也不疼。

"没准儿它的头根本就不知道痛，"小别佳心想，"突突声说明这棵树一定很健康，它却成天地啄来啄去——是不是在闹着玩？它的小脑袋瓜怎么能受得了呢？"

毛茸茸的丸花蜂、蜜蜂和蜻蜓比鸟儿们飞得低，它们在形状各异的花朵——散状花、十字形花，还有形状不十分明显的花，如车前草的花上飞来飞去。

丸花蜂并没有留意小别佳，而蜻蜓颤抖着翅膀悬在空中，用它那凸起的眼睛打量着他，仿佛在想：要不要猛击一下他的

---

① 鳙："鳙"为日本人创的汉字，读为"ハタハタ"，音译为"哈他哈他"。鳙在每年春季第一次打雷后开始产卵，故得此名。

脑门，把他从岸边吓跑？或许，根本不值得去理他？

水里也很有趣。站在岸上往水里看，总想一个猛子扎进水里去看看水草摇曳的深水处究竟有些什么。还有更让你惊奇的：穴居蟹背着像老太太的洗衣盆似的壳，难看地叉着螯，在水底爬行，而鱼儿们不时摆动着尾巴，后退着躲开它。

渐渐地，小兽们、小鸟们都熟悉小别佳了，而且每天早晨都竖起耳朵：他的号角什么时候在灌木丛后吹响？它们开始接受小别佳，并渐渐地喜欢上了他，因为他从不搞恶作剧：不用棍子捅它们的窝，不用线拴住蜻蜓的小爪子，不用石头砸海狸，也不用刺鼻的石灰去袭击鱼儿。

树木轻轻地摇晃着，"沙沙沙"地迎接小别佳的到来——它们知道，小别佳从来不像别的孩子那样，把细细的白杨树折弯到地面上，然后猛地一松手，好看它们怎样伸直，怎样疼痛地久久颤抖，并要听树叶"瑟瑟"的哀怨声。

小别佳轻轻拨开树枝走到岸边，小鸟就马上鸣唱起来；小蜜蜂飞来飞去，"嗡嗡嗡"地轻声叫着，仿佛在说"一路平安"；鱼儿跃出水面，向小别佳炫耀它们五颜六色的鳞片；啄木鸟仍照旧敲击着树干；海狸蜷起了尾巴，踏着小碎步在求偶；云雀比所有的鸟儿飞得都高，用颤音放声歌唱；蓝色的风铃草一个劲儿地在点头……

"我来了！"小别佳喊着，一把扯下旧帽子，用它擦了擦被露水打湿的脸说道，"你们好！"

"呱！呱！"乌鸦使劲儿地回答他。它无论如何也不可能学会像"你好"之类最简单的人类语言。

所有的野兽和鸟儿们都知道，在河对岸的大森林里住着一只老熊，这只熊有个外号叫"浓毛"。它看上去也真像茂密的森林：浑身上下粘满了松叶、压扁的越橘和黏糊糊的树脂。虽说这熊老了，身上有的毛甚至都变白了，但它的一双眼睛仍炯炯有神，像年轻的熊那样，闪着绿莹莹的光。

动物们常常看见老熊小心翼翼地靠近河边，从草丛中探出头来，深深地嗅一下河对岸幼鹿散发的气味。有一次，它甚至用爪子试探了一下河水，接着"嗷嗷"直叫，原来是抱怨水太凉了——这是从河底涌上来的冰冷的泉水。

于是，老熊放弃了泅过河的念头，它不想弄湿它的皮毛。

当老熊走近时，鸟儿拼命地扑着翅膀，弄得树叶"哗哗"乱响；鱼儿们使劲地摆动尾巴，拍打着水；丸花蜂"嗡嗡"直叫；就连蛤蟆也提高嗓门"呱呱呱"地大叫起来。老熊只好用爪子捂住耳朵，直晃脑袋。

小别佳惊讶地抬头看看天空：是不是乌云遮住了天空，小动物们怕被雨淋而大声惊叫呢？可是太阳照旧平静地悬在空中，天上也只有两片小云朵在辽阔的天空上相互碰撞。

老熊每天都大发雷霆。它饿了，它的肚子整个都耷拉下来了——瘪得只剩皮毛了。夏天十分酷热，又没有雨，森林里的马林果都干枯了。老熊能刨的只有一样东西——尘土。尽管它是食蚁熊，可它连个蚂蚁影子都见不到。

"太倒霉了！"老熊咆哮起来，它气愤地拔起小松树和白桦树，"我要去咬死一头小母牛。牧童要是替它说情，我就用手掐死他——谁让他多嘴！"

母牛身上散发出一股鲜奶的香味，它们离得很近，不过百步之遥——问题在于要泅过河去。

"难道真的泅不过去吗？"老熊有些怀疑，"不行，看来我得泅过去。据说我的祖父沃尔古就游过去了，它并没有被这冰冷的河水困住。"

老熊想着想着，又用鼻子嗅了嗅河水，挠了挠后脑勺，终于下定决心跳进水中——"哎哟"一声，它使劲地游过去。

这时，小别佳正躺在灌木丛中，而小牛犊们仍傻乎乎地站在那里——它们昂起头，竖着耳朵，思忖着：这从老树墩后边的河里游过来的是什么呀？老熊只把嘴脸露在水面上。这张嘴脸要多难看有多难看，凸凸凹凹的，难怪小牛犊们看不惯，甚至连人都会把它当做朽烂的树桩。

牛群身后的乌鸦第一个发现了老熊。

"呱呱呱！"它拼命地大叫，叫得嗓子一下子嘶哑了。"小兽们！有贼——贼——贼！"

所有的小兽们都惊慌极了，小别佳一下跳起来，他的双手颤抖，号角也掉在了草丛里。老熊用长着利爪的大掌划着水，游到了河中心。它一边喷着水，一边发威吼叫。这时，全然不知危险已临近的牛犊已经走到了陡岸边，伸长脖子在张望着。

小别佳大声喊叫，哭了起来。他急忙抓起自己的长鞭子抽打起来，鞭子抽得"啪啪"直响，仿佛子弹在空中爆炸一样。可是，鞭子够不到老熊——只拍打在水面上。老熊白了小别佳一眼，咆哮道：

"你等着瞧！我马上就爬上岸了——我要狠狠地痛打你一

家园的故事丛书

顿。你怎么想得出来——竟用鞭子抽打老人！"

老熊游到岸边，爬上靠近牛群的陡岸，一副垂涎欲滴的样子。小别佳回头看了一眼，大喊起来："你们帮帮忙吧！"

于是所有的白杨和柳树都抖动起来，所有的鸟儿都飞上天空。"难道大家都害怕老熊，现在谁也不帮我了吗？"小别佳心里想。而此时村里的其他人好像故意为难他似的，谁都不在附近。

小别佳顾不上想这些了，大概是悬钩子那多刺的藤蔓钩住了老熊的爪子，无论老熊怎么拼命地扯也扯不开，悬钩子就是不放开它。悬钩子的藤蔓牢牢地抓住了老熊，自言自语道："别……别动，老兄，跟你开个玩笑！"

老柳树低低地垂下粗壮的树枝，使尽全力用树枝抽打老熊的腰。

"这到底是怎么回事？"老熊咆哮起来，"想造反？我把你的叶子全揪光，没用的东西！"

然而老柳树仍使劲儿地抽打老熊，它抽啊抽啊。这时，啄木鸟从树上飞下来，落在老熊的头上，用力地啄它，就像啄树上的黑洞洞一样，它猛地啄了一下老熊。老熊的双眼闪着绿光，气得从鼻尖到尾巴尖都发红了，"呼哧呼哧"地直喘粗气。老熊嚎叫起来，开始有些害怕。它嚎叫着，却听不到自己的嚎叫声，只听到一种嘶哑的声音，怎么回事？老熊怎么也想不到，是丸花蜂钻到了它的鼻孔里——每个鼻孔钻进了 3 只丸花蜂，它们在那里弄得老熊鼻子发痒。老熊"啊嚏"一声，打了个大喷嚏，丸花蜂飞了出来。这时蜜蜂飞来了，开始刺痛老熊的鼻子。而所有的鸟儿们都飞到了一起，像一大片黑压压的乌云围着老熊盘旋，使劲地揪它身上的毛。老熊痛得满地打滚，用手掌还击，扯着嗓子拼命吼叫，想爬回河里去。

老熊后退着往回爬，可河里已经游过来一只近百普特①重的大鲈鱼。它两眼盯着老熊，等待着时机。老熊的尾巴刚刚浸入水中，大鲈鱼就用它那 120 颗利牙死死地咬住了老熊的尾巴，用力把老熊拖入漩涡中。

"哥儿们！"老熊嘴里冒着泡，大叫着，"开开恩，放了我吧！我保证……至死我也不再到这儿来了！再也不欺负牧童了！"

"你就喝一肚子水去吧！不许过来！"大鲈鱼打了个鼾，牙齿都没松一下地说道，"米哈雷奇（老熊的名字），你这个老骗子，我能相信你吗?!"

老熊刚想假惺惺地用甜言蜜语搪塞大鲈鱼，只见维索卡娅河里一只名叫希波亚德的最好打架的刺鲈鱼，正飞速地游向它，将自己的尖刺狠狠地扎进了老熊的肋骨。老熊猛地一冲，尾巴"咔嚓"一下断了，留在了大鲈鱼的牙缝里。老熊扎了个猛子，又浮上来，一窜数米地向对岸游去。

"啊哟，还好，我只损失了一条尾巴。反正尾巴都脱毛了，对我也没什么用了。"

老熊游到了河中央，暗自高兴起来。这时海狸们正等着这只老熊，老熊的麻烦才刚刚开始。海狸们扑向高大的赤杨树，

---

① 俄罗斯重量单位，1 普特＝16.38 千克。

马上张嘴啃树。片刻之间，这棵赤杨就被啃得只靠一根细细的树干支撑了。

海狸们啃完赤杨，站起身来等待着。老熊游过来了，海狸们看着它，计算着等它游到能被这棵高大的赤杨击中的最佳位置。海狸的计算能力向来很准确，因为它们是世上善于建造各种精巧复杂的建筑——拦河坝、水下通道及窝棚的动物。

老熊刚刚游近它们预计的最佳位置，老海狸一声大喊：

"嗨，加油干啊！"

海狸们齐心协力地使劲儿压了一下赤杨，树干"咔嚓"一声折断了，赤杨"轰隆隆"地倒塌在河里，浪花四溅，卷起了巨浪和漩涡。海狸们计算得如此精确：赤杨正中的树干恰好砸在老熊的背上，赤杨的树枝则把老熊挤压到河底的淤泥中。

"唉，现在完蛋了！"老熊暗自叫苦。它在水底用尽全力猛地一冲，被赤杨撕破了腰两侧。不管怎样，老熊总算是脱身了，游出了水面。

老熊爬上岸，连在岸边抖落一下自己浑身上下湿淋淋的皮毛的工夫都没有了——它忙不迭地顺着沙路朝自己住的森林拼命跑去，而它的身后是一片"抓住它！抓住它！"的声音：海狸们吹着口哨；乌鸦哈哈大笑得喘不过气来，只喊出了一句"笨——蛋！"就再也喊不出声来；白杨树林笑得簌簌直响；刺鲈鱼希波亚德飞速游动，跃出水面，追在老熊后边狠狠地吐唾沫，直到够不着老熊了才罢休——唾沫怎么够得着如此绝望地拼命逃跑的老熊呢？

老熊逃窜到森林里，刚喘了口气，就看到从奥库洛夫来了

几个采蘑菇的小姑娘。她们在森林里行走时总是带着盛牛奶用的空桶，手里拎着棍子，以便在遇到野兽时使劲敲桶吓唬它。

老熊跑到林间空地上，姑娘们发现了它，大家一起尖叫起来，"嘭嘭嘭"地用棍子使劲敲空桶，老熊吓得一下子摔倒了，跌进了枯草丛中，没有声音了。姑娘们立刻跑开了，只见她们那花花绿绿的裙子在灌木丛中飞快地穿梭着。

老熊疼得直哼哼，后来它吃了点儿落在它嘴边的蘑菇，歇了一会儿，用手掌擦了擦汗，匍匐着爬回自己的洞穴。它痛苦地睡了一个秋天和一个冬天，尽管断了尾巴的地方仍不时隐隐作痛，它还是睡着了。它发誓今后再也不走出茂密的森林了。

小别佳看着老熊逃窜的背影，回头又看了看自己的牛群，笑了。他的牛犊们正安静地嚼着草，时不时地抬起自己的后蹄子挠痒痒。

小别佳摘下帽子，向树林、丸花蜂、河流、鱼儿、鸟儿和海狸深深地鞠了个躬：

"谢谢你们！"小别佳感激地说。

但是谁也没有回答他。

河上一片寂静。柳树的叶子懒洋洋地耷拉着，白杨不再摇摆了，甚至连小鸟叽叽喳喳的叫声都听不到。

除了阿尼西娅奶奶，小别佳没跟别人讲起维索卡娅河边发生的事，因为他怕别人不相信他说的话。阿尼西娅奶奶将没织完的手套放在一边，把带铁框的眼镜推到额头上，看了看小别佳说道：

"还是俗话说得对：一个朋友胜过一百个卢布。小动物们没白为你鸣不平。小别佳，你说熊的尾巴被鲈鱼全咬断了，这可真是罪有应得，罪有应得呀！"

阿尼西娅奶奶做了个鬼脸，笑得把手套跟木钩针都掉到地上去了。

（胡真　译）

# 寻找植物

巴库的上空，阴云密布，北风呼啸，尘埃像火山喷发似的在城市上空盘旋上升。熙熙攘攘的集市上，古板迂腐的长老正神情沮丧地叫卖着一种名为"别利丘姆"的东西。

"别利丘姆"是咀嚼不止的意思。蝴蝶吸足了一种不知名的植物汁液后，便变成了茧。茧充满了胶质物。人们买茧回来咀嚼，这种茧就叫"别利丘姆"。

我先讲讲"别利丘姆"，然后再说北风吧。总之，为了不使读者产生误解，我应该首先说明，我的这篇随笔写的是有关实用植物学和新作物研究所的工作。

"别利丘姆"的柔韧和富有弹性，似乎令人难以置信。科学家们对它进行研究后发现，它竟含有橡胶成分。疑团开始解开了。科学家们跟踪变成橡胶茧的蝴蝶，发现蝴蝶原来生活在粉苞菊植物的根部，吸吮这种植物根部的汁液，而粉苞菊的根中就含有橡胶成分。

于是，科学家们开始寻找粉苞菊。在外高加索的某个地方，人们找到了一些粉苞菊的品种，但是没有提取出橡胶。所有的尝试都落空了，"别利丘姆"把人给骗了。

众所周知，学者的固执是非常惊人的，就连脾气最好的学者也会固执得失去自制力——寻找仍在继续。

在中亚的沙漠里，人们终于找到了粉苞菊的优良品种，并从中提取出了橡胶。沙地粉苞菊的根上满是疤和根瘤，就像风湿病患者的骨节。从这些疤中能提取橡胶。

虽然找到了粉苞菊，但是这种粉苞菊的数量很少，应该设法人工培植粉苞菊。大家都知道，家养的鸡和猪都比野生的能给人类带来更大的好处，这一规律当然也广泛适用于植物。不过，培植植物可比驯养野兽难多了，这是一门精细的工作，需要丰富的经验、顽强的精神和忍耐力。无论如何不能对植物作任何让步，否则它就拒绝服从。

※ ※ ※ ※ ※

谈到如何培植植物，最好还是先说说一种含橡胶的灌木——银胶菊的历史。

似乎世界上其他国家都比不上美国用掉那么多的橡胶。美国人用橡胶制造出 4000 多种产品。每个美国人，包括小孩子在内，每年需要咀嚼近 3 千克的橡胶——口香糖，还有 3/4 的橡胶用于制造飞机轮胎。因此，美国掀起了寻找橡胶植物新品种的热潮。

在得克萨斯州的草原上，人们找到了像艾蒿一样银白色的银胶菊，在它的杆、叶和根中都含有橡胶成分。其实，从银胶菊中提取橡胶非常容易，因为橡胶不是溶解在植物的汁液里，而是呈固体微粒状存在于茎叶中。

先把银胶菊整个儿从地里挖出来，压扁烘干，磨成粉末；再将这些粉末溶于水中，轻飘飘的橡胶便呈白色泡沫状浮在水面上；将白色泡沫放入碾压机碾压，细细的橡胶条就从碾压机中缓缓出来了。

提取橡胶的办法找到后，为了攻克人工培植银胶菊这一难关，科学家们又开始了顽强的工作。他们发现，丰富的液体减少了银胶菊中橡胶的含量。水分多时，植物就会疯长，而植物体内的橡胶只有当植物休眠时才聚集起来。

科学家们想办法在不扰乱银胶菊休眠的同时，不给它浇灌过多的水，从而避免它过度生长，并在其休眠时看管好它。人们还为银胶菊设计了播种机和收割机，甚至研制出一种非常精密的机器：这种机器能在银胶菊不受任何损伤的情况下采集到它的种子。

然而，美国的银胶菊数量很少。好为天下事而忧的笃信宗教者福德认为，银胶菊会使美国在战争时期陷入窘境。银胶菊要经过4年才能产生橡胶，而战争期间没工夫等这种生长缓慢的植物在其体内积蓄橡胶，战时的一切都讲究速度。

福德开始寻找符合军事速度的植物——这种植物只需一年就能提供橡胶，它属萝摩科。在佛罗里达州，银胶菊就像它的名字一样，水分充足而又松软娇美。福德开设了一个试验站，长寿老人爱迪生在这里用萝摩科植物做实验，把催眠术用在了植物上。

爱迪生的做法作为军事机密被封锁起来，萝摩科植物园的消息对所有人都保密。

1925年，苏联学者从美国引进银胶菊作为家种植物，它

的种子撒遍了苏联的各个地方。银胶菊在这里生长得非常好，它顽强地经受了严寒的考验，并结出了累累硕果。在这一年里它就发育成熟了，产出了第一批橡胶。紧接着苏联科学家培植出了粉苞菊。

※　　※　　※　　※　　※

现在，我们来谈谈凛冽的北风。它给巴库带来了尘土飞扬的西蒙风①。巴库是一座大城市，到处是酷热得干裂的黄沙地，干巴巴的黏土和灰蒙蒙的山峦环绕四周。

只有森林才能把巴库从呼啸的北风中解救出来。但是，有什么树木能生长在这片干涸得可怕的土地上？狂风肆虐、烈日炎炎的巴库没有树林，麻雀和其他的鸟儿都栖息在车站旁的 3 棵杨树上——巴库竟然没有更多的地方让它们栖息。喧嚣的雀噪声甚至压住了火车的汽笛声。

新作物研究院的科学家们断言：巴库是可以摆脱北风的危害的，而樗树能挽救暴露在草原风、尘埃和冶金厂排出的废气中的顿巴斯城。

樗树是一种奇妙的树。这么说一点儿也不奇怪，因为它既不怕工厂排出的烟尘和废气，也不怕干旱，它竟能从煤气和北风中吸取某些有利于自己生长的宝贵物质。

在美国北部的宾夕法尼亚采煤区，到处是樗树林和长满樗树的公园。

巴库周围应该建起樗树林保护带。

---

① 西蒙风：北非等地沙漠地带的干热风。

※　　※　　※　　※　　※

这里的森林品种十分单调：桦树、云杉、松树，接着还是桦树、云杉、松树，就这么没完没了地重复着，的确急需一些新的品种，将它们种植到适当的气候和土壤中。这不是异想天开，而是必须做的事。

我们的内心深处都感到毁灭森林是极其可怕的，地球将会变成光秃秃的一片。毁灭森林要比长出一片森林快得多了。乍一看，已没有摆脱这绝境的出路了。但是并非如此，前景是非常美好的。

苏联的北部应该种植生长快、木质优良的树木，比如含香树胶的冷杉，一年能长 50 厘米高；塞尔维亚云杉，24 年能长成 6 米高的大树；还有西伯利亚阔叶松和鲁米利亚松，与那些生长速度缓慢得像树獭似的云杉和松树相比，它们的生长速度快得惊人。

有的树像海绵一样吸干沼泽的水分，应在白俄罗斯种植这类树。那里多林低洼的沼泽之广阔，就像天空一样不可估量。我曾到过那些地方，而且总是不时想起那些令人心情忧郁的遥远之地，想起那些置人于死地的迷宫似的水洼和泥潭。在那里行走数千米都荒无人烟，只有死一般的寂静。

加拿大杨和落叶松就像成千上万的水泵一样，能把这些沼泽的水吸干，并把吸吮的水分像蒸汽一样散发到空气中。

还有适于种植在盐碱地和沙质地的树木。草原上应该种植桧树和洋槐，而盐碱地上则适合种怪柳。

应该把南方的一些植物移植到我们这儿来。南方是个巨大的植物冷凝器，那里气候温暖。

南方的土地因厚厚的腐殖质而变得黑油油的，地上落满了金黄色的酸橙果。植物学家的目光都注视着南方，就像指南针的箭头一如既往地指向冰天雪地的南极一样。

因此，新作物研究所的学者们决定到南方去寻找新的植物品种。

我不用再继续列举考察团的卓越成就了。美国人为自己的科学考察团建造了豪华快艇，上面装饰着闪闪发光的精制玻璃和昂贵的红木，而我们的考察团成员们经常在板棚和牲口圈里过夜，数着天上的星星，听着母牛的喘息。

从远方运回来的种子播撒在研究所的试验田里进行试验。试验田分布极广，从北极圈到阿富汗边境，从符拉迪沃斯托克到立陶宛都有。

※　　※　　※　　※　　※

研究所在研究植物的同时，还发现了长得非常离奇的、分"短昼"和"长昼"的露天植物。

南方的植物在气候条件相差较大的北方难以成熟，为什么呢？你先不要急于回答。你也许会说，北方的气温对南方植物来说太低了。这你可就错了。

根本不是因为温度不够，而是恰恰相反：北方的光线过于充足了。

北方夏季的白天比南方长，南方植物种在北方，会被北方强烈的阳光晒得直打蔫，极其需要南方的浓雾之夜。于是研究所做了个试验，对种植在北方土地上的南方植物实行人工遮光法，结果科学家们惊奇地发现，植物成熟得非常好。同样的道理，从印度和中国引进的棉花在苏联也能成熟，其纤维与毛简

直没什么区别；南方的芜菁在北方也成熟了。

※　　※　　※　　※　　※

未来的15～20年间，苏联每年将需要600万～1300万吨糖。尽管糖没有粮食贵，然而仅靠甜菜是无法满足近年来不断增长的糖的需求量，而且甜菜只能生长在乌克兰半森林半草原地带，不能提供足够的糖。

寻找含糖量高的植物新品种成为了当务之急。科学家们最先找到的是"甜秆"，即甘蔗。我们有自己的北极地带和热带——巴统沿海地区。最初的几次试验证明，爪哇蔗在苏呼米和巴统地区长势良好。

其次是玉米和高粱。玉米糖的价格最便宜，适于制作水果罐头，可以在第聂伯河流域开辟一个庞大的玉米种植场，同时还应建起水果罐头加工厂，而高粱则在南方和亚速夫沿海一带生长得非常好。

在弗拉基高加索只有一座用玉米和高粱提炼糖和糖浆的加工厂，在别斯兰的火车站附近准备另建一座大型制糖厂。

菊苣的蓝花使人想起咖啡休闲地，那里散发着异国风味。幼小的菊苣在俄罗斯中部的土地上总也长不大。不过，菊苣虽小却容易成活——它生长在贫瘠的土地上，不畏寒，也不怕害虫。小小的菊苣能提炼出上好的糖。意大利厄尔巴岛上的舍涅别卡厂最先开始用菊苣提炼糖，这一经验应该引进苏联。

秋天的乌克兰和亚速夫海沿岸，空气清新凉爽，到处散发着熟透了的西瓜味。那里，金灿灿的瓜地绵延数千米，老掉了牙的看瓜老头们正在瓜棚里犯愁呢。他们双手哆嗦地捧着西瓜，按捏着，凭着那轻脆的声音，他们便可判断瓜是否成熟，味道如何。涂着焦油的拜达克式渔船上，满载着堆积如山的西瓜，驶向塞瓦斯托坡尔、罗斯托夫和敖德萨。

田园般的瓜地是糖类植物的种植园。农民们用甜瓜熬制蜜糖——精制葡萄糖汁。有些甜瓜品种的含糖量高达18％，而西瓜和南瓜的含糖量为12％。1公顷南瓜可产4000吨糖——工业化时代的潮流极大地冲击着瓜农的安逸生活。

※　　※　　※　　※　　※

苏呼米市场上出售一块块淡紫色的皮状物，人们一般只买几厘米。如果嚼嚼它，你就会发现它的皮有股很浓的香味——这是由野樱桃和野李子压制而成的。用这种皮状物可以制成做亚洲菜所需的味道很浓的调料以及一种叫"索措别利"的本地芥末。吸入这种芥末后，人会感到气喘胸闷，眼睛充血。

1922年，我在采别利夫附近一个荒芜得像一片处女林似的山上睡着了。山上，蓝得透亮的清澈泉水潺潺流淌着，黄澄澄的樱桃李果从高大的树上掉下来，砸在我的脸上。这果子甜中略带酸涩味。

当时我还不知道，这就是我们北极地区所需要的果实，就像需要粮食一样；我也不知道，这种樱桃李果是治疗败血病最有效的药，正因为如此，极地旅行者们把它看得比金子还珍贵。

有种樱桃李树干又细又直，长得有4米高。战前，这个品种从苏呼米出口到法国，成了凡尔赛公园的装饰品。

从此，野生植物开始有了自己的传记。

※　　※　　※　　※　　※

我认识一个只凭嗅觉来领悟周围一切的人。他双眼近视，

总是一副心不在焉的样子，甚至有些像个聋子——什么声音都充耳不闻。他的整个生活都是由气味构成的：晚上散发着尘土和雨的气味，海洋散发着冰的气味，而墨水则有一股锈味。就像水手总是比所有的乘客早半小时看到岸上的灯光一样，他也先于常人半小时嗅到气味——他是个品味专家。我在写有关芳香植物的文章时想起了他。

异国的风味总是萦绕在我的脑海里，第一种令我难以忘怀的植物是粗糙的芹菜。它原产于印度，但是在中亚也很容易繁殖。粗糙的芹菜中含有丰富的麝香草酶，麝香草酶具有防腐性，可以消毒，因此人们用芹菜汁制成肥皂和牙膏。

法国作家皮耶尔·阿姆普写了一本名为《歌之歌》的书。全书似乎浸透着一股香味——书中叙述了法国南部的香料业，并用大量的笔墨描述了一种香料植物：熏衣草。

熏衣草油有提神作用，还可用于调漆。熏衣草的干花燃尽后，用烟熏皮衣和针织品可防虫蛀。秋天，也可用清淡而柔和的熏衣草味来取代那令人生厌的浓烈的樟脑味。另外，它能使皮衣更加结实。

熏衣草生长在欧洲南部向阳的山坡上。收割熏衣草要在炎热无风的中午进行，否则会使其气味挥发掉一大半。据说将干枯的熏衣草放在地毯下面，那浓郁的香味能保持好几年。

在苏联克里米亚高原上的牧羊草地和从诺沃罗西斯克到图亚普谢的黑海沿岸，熏衣草长得茂盛极了。

荷兰有食用荷兰芹的传统。面包加荷兰芹、奶酪加荷兰芹、甜酒加荷兰芹，这些饮食习惯就来自于荷兰。过去，荷兰芹的种子很容易被风吹落，收成大部分都损失掉了。为了克服

这一缺陷，荷兰人培育出了种子不脱落的荷兰芹品种，这样一来，便彻底改变了荷兰芹原有的生长规律。

长在荫处的天竺葵是普通百姓家居生活的象征，它那红扑扑的花朵就像羞答答地坐在干净明亮的小窗旁的新娘子。令人惊奇的是，天竺葵的花竟然可以取代玫瑰油。天竺葵原产于阿尔及利亚，那里随处可见天竺葵的灌木丛，无论走到哪儿都能闻到天竺葵浓烈的气味——天竺葵的全部价值就在它那芳香的叶子上。

另外，我们还从佛罗伦萨和卡拉布利亚引进了鸢尾和酸橙，这两种植物可以提炼出用于提神的淡香型精汁。

通过努力，苏联能在较短的时期内组织香液出口。这样，香液就轻松地变成了外汇。

※　　※　　※　　※　　※

我有意不提西伯利亚的金合欢树，它的灌木丛顺着巴统——兰奇胡塔铁路线延伸，这种金合欢树是上好的鞣料。我还没有提及的一种饲料草，就是从埃塞俄比亚引进的早熟禾，这种早熟禾甚至能生长在沙地里。文中，我还没提到小麦新品种和许多其他植物，因为即使用最简洁的电报语言来叙述研究所的工作，也得写厚厚的一大本，足有五六百页之多。

※　　※　　※　　※　　※

九月，树叶飘落。广阔的苏联大地被一片片金黄的落叶所覆盖。在已不炽热的阳光下，落叶如小雨一般飘然而下。这时的莫斯科河上也漂浮着一堆堆的落叶，散发出阵阵酒瓶塞的气味。

树叶为什么会枯死呢？原来在叶柄根部有一个软木层，它

家园的故事丛书

把叶子与树枝分开。刚一入秋，只要秋风一吹或是秋霜一降，叶子便打着旋儿掉到地上。

40 年树龄的桦树上有 25 万片叶子，这些叶子重达 32 千克。1 公顷桦树林，每年秋天要落下 32000 千克的枯叶。有多少还不能利用的软木层在森林里腐烂啊！

西班牙和阿尔及利亚有利用软木质橡树的传统。从橡树的软木树皮中可得到真正的软木。在苏呼米附近的斯梅茨基植物园里有软木质橡树，在库坦斯附近也有一片软木质橡树林。这种橡树不仅在外高加索生长良好，在克里米亚长势也不错。

寻找软木质树的工作不久前才开始，但科学家们已经在远东和乌克兰找到了木质柔滑的树种。它的树皮可制作软木，内皮可制作黄颜料，而其木质适合制作有弹性的滑板和飞机零件。此外还找到了软木质桦树，它的软木层呈环状。

※　　※　　※　　※　　※

我们周围有许多还不为人知的财富。各类鲜活的植物包围着我们，比如用一丛丛茂密的灌木压制成的材料足够印刷无数本书和许多工作簿。静止不动的植物影响着我们的现实生活——植物散发的清新气味化解了烦恼、绿色的树叶消除了疲劳、人工培植的银胶菊蕴含着极其美妙的前景……因此，我要把这篇随笔献给所有没有看到我们这个时代的浪漫主义者以及为丧失工作热情而悲哀的人。我赞美斗争热情和充分发挥聪明才智、顽强工作的热情，赞美佩列科普的浪漫主义精神和其他诸如此类具有同等价值的东西。

（胡真　译）

# 有关鱼的话题

　　沙丁鱼罐头的商标上画着一大片湛蓝的大海和正在撒网捕鱼的渔民们，黄澄澄的阳光照耀着这田园诗般的捕鱼场面。一艘艘轮船上，五颜六色的旗帜衬托出一派欢乐的景象。

　　在外人的眼里，渔民的劳动就是这样的。

　　事实并非如此。大海很少平静得像疗养院里的小湖那样使人感到惬意，而渔民们也不是常咧着嘴笑的。渔民的现实生活充满了混浊的巨浪和狂怒的风暴，被渔网磨出茧子的双手，血腥的水泡，闻到像氯化铵似的呛鼻的气味——这气味对肺病患者倒是有好处。渔民们就是在这样的环境中劳动的。

　　我们这儿的人都爱用一种数量极大，喜欢群居生活的小鱼——安抽鱼制作沙丁鱼罐头。春天，这些鱼群就像飞机播种一样，连续不断地游到一条宽阔的河流中。它们在靠近亚速夫、克里米亚和敖德萨河沿岸时，游进狭窄的海湾中。

　　在巴拉克拉克，有些年安抽鱼多得几乎一插就是一条，就像用叉子扎面包一样准。因为鱼太多、太密集，不少鱼都憋死了。有时，狂暴的北风肆虐安抽鱼生活的河流，把鱼儿冲向南方，冲向土耳其沿岸，这引起了克里米亚渔民的一片恐慌。

安抽鱼有许多种制作法，它可以用来腌制、醋制、熏制，还可以用来制成罐头。它那油腻腻的咸味使人想起黑海的春天，想起刻赤，想起城外被混浊的海浪包围、城内却舒适得像舞台布景似的城市，它那乌灰发亮的外表就像一艘巡洋舰。

安抽鱼群在伏尔加河和多瑙河里游动——这两条河犹如镀了银一般，又仿佛一块巨大的移动的土地。当安抽鱼群出现在敖德萨港湾时，整个沿岸都挤满了渔民和猫。渔民们齐心协力地撒网捕鱼，那渔网撒得像把撑开的巨伞。渔网通过家制滑轮放人水中，滑轮"吱吱"作响，发出刺耳的声音。猫们偷偷叼走鱼，野性十足地互相追逐着、厮打着。

在捕鱼这天，当你路过港口时就会看到生铁制成的大炮或仓库后边，以及生了锈的锚旁边，凶狠的猫眼正闪着阴森森的绿光。你就像在一群满怀敌意的观众面前走上舞台一样。

不过，渔业公司并不打算捕捞小鱼群，当然也不想捕捞安抽鱼。因为这类鱼没有多大价值，尽管捕捞安抽鱼是沿海居民几百年来最主要的劳动。

渔业公司需要的是上等鱼，是成千上万以公担计量的、已转变成商品的有价值的密网鱼①。每年春天，鲱鱼、鲈鱼、大白鳕鱼、鳕鱼、北鳟、大马哈鱼等这些多得出奇的鱼群便游入河口，堵塞住狭窄的河岔子。

---

① 密网鱼：如鲤鱼、鳊鱼、白鲈鱼等。

　　※　　※　　※　　※　　※

　　俄罗斯有丰富的鱼类资源。早在中世纪，莫斯科就以黑鱼子和鳟鱼而驰名。历代沙皇为了让外国使者大吃一惊，总是赠送给他们从外乌拉尔斯克湖中打捞的足有 1 普特①重的鲫鱼和青铜色的鲟鱼。

　　在果戈里时代出现了一种"干咸鳕鱼"，它是换了个模样的鳕鱼。鲱鱼像土豆一样深入平民百姓的日常生活之中。成千上万的渔民组合起来去捕鲱鱼，这是在上个世纪就形成了的传统。

　　渔业发展起来了，渔季到来时，从卡斯皮到穆尔曼，到处是一派轰轰烈烈的热闹景象。渔季调控着鱼价，使得俄国和其他国家纷纷建起冷藏库，储存大量冷鱼和贵重鱼类。各个市场因刻赤鲱鱼和堪察加沙门鱼的大量涌入而惶惶不安。外国货轮将装有包在羊皮纸中的上等鱼子的冰桶运进货舱里，冰桶上附着一层霜。看来，这种鱼子就像鲜花或水果一样非常娇嫩。鱼子被公认为人类的最佳食品，其中含有非常珍贵的营养物质。

　　第一次世界大战犹如一场猛烈的风暴摧毁了渔业。卫国战斗中，渔业——尤其是里海的渔业，畸形地发展起来。偷鱼者破坏了珍贵水产资源的周边环境，破坏了水底深渊（又称"水底深坑"，是珍贵鱼种的生息之地）。偷鱼者们用手榴弹炸鱼，用毒药毒死珍贵鱼种，而渔网却因长期闲置岸上而腐烂了。

　　渔业的全面恢复大约始于 1922 年，政府将水产资源丰富的地区划为保护区。

―――――――――――

　　①　普特：俄罗斯重量单位，1 普特＝16.38 千克。

渔业走上了有计划发展的轨道，开始了大规模的鱼类养殖业。此外，用飞机运送小鱼苗，渔民法庭也在加紧建立。北方开始拽网捕鱼，并在国外定购了 10 艘拽网渔船。

政府与邻国签订了公约，以杜绝滥捕鱼类。同时，还成立了一些实力强大的渔民合作社和渔业公司。

奸诈狡猾的私商们被彻底驱逐出去，渔民的经济活动开始趋向集体化。

科学院对渔业开展了十分有益的研究工作。科学家们绘制了鱼类活动及鱼类繁殖地的详图，并致力于寻找新的鱼类资源。

罐头厂满负荷地运转着。黑海地区、北方地区以及远东地区都在着手建起新的鱼类加工厂。

喜讯一个接一个地传来，远东第一批漂浮式罐头加工厂开工了。

黑海拟鲤鱼是我们革命岁月里的老朋友，1919～1920 年间，它是人们赖以生存的主要食物，然而现在它逐渐被更有营养的其他鱼类品种所取代。我国的鲑鱼以其富含油质的粉红色鲑肉，在国际博览会上大放异彩。博览会上，摆得整整齐齐的瓷罐头瓶中塞满了黑色珍珠般的粒状鲑鱼子，如黑海一样瓦蓝的巨型鳟鱼放在展台上，许多装有鲭鱼、鳌虾和鲵虎鱼的小盒子则被垒成了别致的金字塔形。

过去，远东地区的渔业只能提供本地区所需的鱼，而首都莫斯科却见不到这些鱼。直到最近，来自太平洋的鱼才在莫斯科露面。

※　　※　　※　　※　　※

水产资源区域有很多特点，要描述这些特点，足以写上厚厚的一本书。

我们先从北方开始。

先从穆尔曼沿岸开始。墨西哥湾暖流给这里带来了温暖的冬季和庞大的鳕鱼群，而游在鳕鱼群前面的是一种叫"马依瓦"的小鱼。鱼群的运动是有规律的。比如在黑海，游在鲭鱼群前的是鲲类鱼群；而在远东，游在北鳟鱼群前的是先遣大鱼群，它们是北鳟鱼的侦察员，渔民们管它们叫"急使"。

鳕鱼在地质岩层中大约游动1天。只要放下挂有小钩的绳索，就可以钩住鳕鱼的尾巴、肚子或鳃。

沿海居民在寻觅鱼类和野兽的活动中，为人类开辟了通向极地群岛的道路。沿海居民发现了格鲁曼特岛（什皮茨别尔根岛）和新地岛。

除了鳕鱼，北极还有那瓦格鱼，这种鱼长着透明得像动物胶一样的骨头。此外还有海豚、冰川期遗留下来的鱼种以及其他野兽。

北方不只是穆尔曼才有丰富的鱼类资源，还有许多不可估量的鱼群在西伯利亚河口自然死亡了。勒拿河上的渔业大约始于布伦时期，这一时期就像亚库梯的夏季一样非常短暂，但却发现了最珍贵的鱼——鲑鱼。

再往北是堪察加半岛、鄂霍次克海和沿太平洋地区。这些地区以出产北鳟、鲱鱼和鳎鱼①而闻名世界。

---

① 鳎鱼：即沙丁鱼。

远东丰富的水产资源对滥捕鱼类的人是一种巨大的诱惑，日本人、美国人，还有挪威人都纷纷潜入堪察加半岛荒无人烟、雾气腾腾的沿岸，掠走了大量的走私鱼货。现在政府加强了对堪察加半岛沿岸水产资源的保护，滥捕现象没有了，连日本的鱼行也要从符拉迪沃斯托克的市场上收购部分鱼货。据说那些在本国市场上失去垄断地位的日本鱼商们在国内大声疾呼，甚至强烈要求更换政府。这也从另一个侧面说明了我们在太平洋水域的水产资源是相当丰富的。

我们按顺时针方向一一列举各地的渔业，现在来到了咸海。那碧蓝的大海静卧在耀眼的天空下，静卧在沙漠里，静卧在热气腾腾的雾霭里。咸海中生长着许多鱼和芦苇丛。

过了咸海，便是我们渔业的骄傲——里海。这里的渔业繁荣不衰，每年春季都会引起世界各国的关注。

里海的中心是阿斯特拉罕。这是一座雾气笼罩下的亚洲城市，盛产渔网、桶板、盐和鱼。里海是鲟鱼、大白鳔鱼、鳇鱼以及所有所谓上等鱼的产地，还盛产密网鱼，如鲱鱼、里海拟鲤、鳊鱼和鲤鱼。里海就是以鲱鱼和里海拟鲤而著称的。

里海的鲱鱼品种繁多，有里海西鲱、伏尔加河鲱鱼、蓝海鲱鱼、黑背鲱、大鲱鱼、伏尔加河黑背鲱、长鲱鱼以及阿斯特拉巴茨鲱鱼。鲱鱼多时，能装满一渔网，有时甚至需用15节车皮来运输。

在19世纪中叶之前，人们不吃鲱鱼，甚至认为鲱鱼是有毒的鱼。第一个吃腌制鲱鱼的人是贝尔院士。从此，捕捞鲱鱼开始以惊人的速度飞快地发展起来，由此形成了一股鲱鱼热——这差点儿造成一场灭种之灾。后来，鲜鱼被禁捕，因为它们快要被捕尽了。现在，我们仍需要制定严格的措施来恢复鲱鱼群。

鲱鱼和黑海拟鲤都是洄游鱼类，也就是说，它们生活在海里，只有在产卵时才游到河里。它们的鱼汛在春、秋两季。这是里海两个主要的渔季，最大的渔季是在春季。

顺时针来到了亚速夫海和黑海，这古老的海洋是我们所熟悉的。在像一条生了锈的铁链似的顿河支流里，静静地沉积着十分珍贵的水产资源。从叶伊斯克到卡加利尼克，从马里乌坡尔到塔甘罗格的所有沿岸，过去那些蜂拥而至的偷鱼者已看不到了，似乎他们从来都是老实本分的捕鱼人，一次也不曾破坏过这珍贵的水产资源。

在塔甘罗格，人们私下里骂偷鱼者为"恶棍"。早在革命之前，这些偷鱼者就驾着带有帆和桨的轻便拜达克式渔船来到顿河支流。他们在鱼汛期向河里乱撒渔网、做套子，收了网就逃之夭夭。他们的捕鱼量相当大，却没带来一点儿好处——偷鱼者们用捕鱼换来的钱在塔甘罗格的酒店里酗酒、玩骨牌。

护卫艇虽说并非总是，但也十分频繁地追赶偷鱼者们。当密集的炮声响彻近海时，偷鱼者的唯一生路就是赶紧将船开到岸边，把渔网以及打捞上来的鱼统统丢下，留给护卫队。

亚速夫海以鲈鱼、鲱鱼以及驰名的刻赤鲱鱼而著称。当鲱鱼游入亚速夫海，并贴着轮船边游动时，人会被弄得晕头转向的——成千上万的鱼悄然无声地游着，就这样游了数小时，搅得海水直颤。

倘若你在海上听到沉闷的瀑布般的落水声，这就意味着鱼来了。不过，这并不是鱼弄出来的响声，而是低悬在海面上庞大的海鸥群发出的。海鸥在告诉渔民们岸边有鱼群游动，或许正因为如此，渔民们认为打死海鸥是最大的罪过。射杀海鸥的人被渔民视为叛徒，这些人像染上了鼠疫的人一样，遭到渔民的抛弃。

最后我们来说说黑海。这里的渔业乍一看具有观赏性，比如前面谈到的安抽鱼和鳀类鱼，这里还有更美丽、更珍稀的鱼种——鲭鱼、比目鱼和鲻鱼。这些鱼生活在温海中，它们的外表也清楚地说明了这一点——它们的身上有各种各样的颜色：雪青色、蓝色和浓浓的金黄色。

※   ※   ※   ※   ※

哪些人在黑海沿岸捕鱼呢？乌克兰人——一些来自兹布里耶夫基、赫尔松、京布尔和敖德萨的杰出的渔民们。他们是波将金家族的后裔，一群爱好自由、说话刻薄、勇敢善战，像英国商船船长一样充满自尊的人。

从巴拉克拉瓦来的希腊人，被称为"狡猾的三角形"或希腊佬。他们的故乡被许多作家和诗人所歌颂。

除了希腊人和乌克兰人外，在黑海捕鱼的还有安纳托利亚的土耳其人。这是一个有着褐色皮肤、性格柔顺的民族，他们总是把自己的小帆船装扮得漂漂亮亮的，像新娘子一样。

黑海的渔民们是一群很特殊的人，他们与旅居近东的法国人或意大利人的后裔有着血缘关系。劳动、集市和阳光造就了他们的乐观主义精神，他们的语言新鲜得就像南方的西瓜，富有表现力。

渔民和捕鱼自古就是文学作品中歌颂的对象。我们能想起的就有阿克萨科夫、库普林、伊巴尼耶斯、洛佳、杰克·伦

敦、契诃夫和普里什文。

记得列宁曾与喀普利岛的渔民一起捕过鱼，那时渔民们被称为"德里尼—德里尼先生"。这个外号的由来是这样的：在喀普利岛上，渔民们划着小艇，用长长的绳子捕鱼。他们将挂着铅坠的长绳投入水底，当鱼咬住绳子时，渔民就把手指放在嘴里发出放电似的声音"德里尼—德里尼"，以转告他人鱼上钩了。渔民们就是这么向列宁解释的，所以，每当鱼上钩时，列宁就开玩笑地喊"德里尼—德里尼！"

列宁是个善于休息的人。对他而言，最佳的休息莫过于在阳光灿烂的静谧早晨，坐在褐红色的陡峭岸岩上捕鱼。清新的空气和海盐的气味沁人心脾，在晶莹清澈的海水中捕捉到的青花鱼闪烁着青铜和火焰般的光泽。

我们无法形容这种休息的美妙之处——需要自己去亲自体验才行。

无论在南方的大河里，还是在北方静寂的森林溪流或咸海中，到处都有丰富的水产资源。

（胡真　译）

# 狐狸的面包[1]

有一回，我在林子里转了一整天，直到傍晚才赶回家。这一次的收获真不小，我放下沉甸甸的背包，将"战利品"一件件地摆在桌子上。

"这是什么鸟儿？"济诺奇卡问我。

"这叫黑琴鸟。"我回答道。

于是，我给她讲了黑琴鸟的故事：这种鸟住在林子里，春天的时候，它"咕咕"地叫着，啄白桦树上的嫩芽吃；秋天来了，野果子成熟了，它就到沼泽地里去采集小果子，然后保存起来，准备过冬；等到了冬天，刺骨的寒风一吹，黑琴鸟就躲到积雪下面过冬了。

接着，我又讲了花尾榛鸡的故事。我指着桌上一只长着小凤头的灰色花尾榛鸡，对济诺奇卡说："只要我一吹起小木笛，模仿花尾榛鸡鸣叫，那么它也会跟着我叫起来。"我还从背包

[1] 以下文章均由米·普里什文著，王冰冰、何茂正翻译。

里倒出许多蘑菇：白的、红的、黑的，全都摊在桌子上，我的衣服口袋里也装满了血红色的浆果和蓝色的越橘。我还把一小块散发着清香的松香递给小姑娘闻了闻，告诉她这种松香可以给树木治病。

"有谁会在林子里给树木治病呢？"济诺奇卡好奇地问道。

"树木会自己给自己治病的。"我说，"在林子里，常常会有这样的事发生：猎人走累了，打算休息一会儿，于是就把斧子砍进原木里，将背包挂在斧子把上，然后躺在树下休息。休息够了，猎人站起身，摘下背包，拔出斧子，又继续赶路了。而从原木上斧子砍出的伤口里会流出一些液体，气味芳香，被大家称为松香，它会将伤口盖住，不久，伤口就愈合了。"

我还特意给济诺奇卡采摘了一些树叶、根茎、花蕊和奇形怪状的花草，例如杜鹃泪、穿心排草酊、齿鳞草、紫花景天（一种兔子爱吃的状如白菜的植物）等。恰巧就在这棵紫花景天的下面，有一块我忘了吃的黑面包——这是常有的事，不带面包进林子吧，我会饿得不行；而带上面包吧，反而会忘了吃，落在林子里。当济诺奇卡看到紫花景天下面的这块黑面包时，她一下子惊呆了：

"林子里怎么会长出面包来呢？"

"这有什么好奇怪的！你看，林子里不是连白菜都长吗？"

"可那是兔子吃的白菜啊……"

"而这块面包是——狐狸的面包。你尝尝，好不好吃？"

济诺奇卡试探地尝了一口，然后就大口地吃了起来，说：

"狐狸的面包真好吃！"

于是，这块我忘了吃的黑面包就被济诺奇卡吃得干干净净。济诺奇卡一向娇气得很，通常连白面包都不爱吃，但从那天以后，只要我从林子里带回"狐狸的面包"时，她总会一口气吃光，嘴里还不住地夸赞道："狐狸的面包就是比我们的好吃！"

# 金黄色的草地

蒲公英结籽的时候，我常和弟弟揪蒲公英玩。我们随意走着——他在前面，我紧跟在后面。

"谢廖沙！"我一本正经地大叫弟弟。

弟弟回过头来，我突然把蒲公英径直向他吹去。他开始小心地躲闪，后来也张嘴把蒲公英对着我吹过来。

本来，我们揪下这并不漂亮的花只是玩玩而已，但有一次，我却发现了一个秘密。

那时我们住在乡下，窗前的一片草地上开了许多蒲公英花，整片草地都变成了金黄色，十分漂亮。大家对此赞不绝口："太美了！草地上一片金黄。"有一次，我大清早起来去钓鱼，发现草地不是金黄色的，而是绿色的。中午回家时，我看到草地又变成了金黄色。我开始留心观察，傍晚时分，草地又变成绿色了。于是我走过去，找到一棵蒲公英细细观察——原来它所有的花瓣都卷了起来，颜色也随之发生了变化，就像我们展开手掌时，掌面是黄色的，而握上拳头时，掌面的黄色就被盖住了一样。清晨，太阳升起来后，我看见蒲公英展开自己的"手掌"，于是草地变成金黄色的了。

从此，蒲公英成了我们最感兴趣的一种花：它和我们一同入睡，又一同起床。

# 白色的领子

　　我曾在西伯利亚的贝加尔湖附近，听人讲过一个关于熊的故事。老实说，故事中的事我并不相信，但那人为了向我证明他所讲的都是真的，还告诉我西伯利亚曾有一本杂志刊登过这件事，题目就叫《人与熊合力抗恶狼》。

　　在贝加尔湖岸边住着一个老人，他既钓鱼，又捕松鼠。有一天，老人透过小木屋的窗户，隐隐约约地看见有一只大熊朝他的木屋奔过来，而熊的后面紧跟着一群狼。天啊，眼看着熊就要落入狼口了……这可怜的熊老弟无路可走，只好冲进木屋里，并且回身用它的爪子顶上了房门，整个身体也紧紧地压在房门上。老人终于醒悟过来，赶紧从墙上摘下猎枪，说道：

　　"米沙，米沙（俄语中对熊的谑称），顶住！"

　　这时，有几只狼往门框上爬，老人端起猎枪朝窗外的狼群射击，嘴里还不断地喊着：

　　"米沙，米沙，顶住！"

　　有3只狼倒下了，其余的狼见势不好，纷纷四散逃跑。那只立了大功的熊老弟留了下来，在老人的保护下过了一冬。春天来了，当林子里的熊陆续从巢穴里走出来时，老人就给这位熊老弟戴上了一条白色的领子，并嘱咐其他猎人：不要朝这只戴白领子的熊开枪，因为这只熊是他的朋友。

# 小　鹤

有一次，我们捉了一只小鹤，拿蛤蟆来喂它。小鹤一口就把蛤蟆吞下肚去。我们又给小鹤一只蛤蟆，它又吞了下去，3只、4只、5只，全吞下去了，我们手边已经没有蛤蟆喂它了。

"真乖！"妻子很满意，接着问我，"它一下子能吃掉多少只蛤蟆？10只能吃下吗？"

"能吃下。"

"要是20只呢？"

"那可未必……"我说。

我们将小鹤的翅膀剪短了些，这样它就不能飞了，从此它就跟在妻子的后面到处溜达。妻子挤牛奶，小鹤在旁边看；妻子到菜园去，小鹤也会出现在那儿，它还陪妻子一同到田里、农庄里干活儿。妻子对小鹤已经非常习惯了，就像习惯自己的孩子一样。没有它，妻子会感到寂寞；没有它，妻子哪儿也不想去。一发现小鹤不在身边，妻子只要大喊一声"噗噜——噗噜——"，那只小鹤就会跑过来陪她，表现得乖极了！小鹤就这样留在了我们身边，而它那被剪短的小翅膀也越长越长了。

有一次，妻子到沼泽地附近的水井边提水，小鹤像平常一样跟在她后面。这时正巧有一只小蛤蟆趴在水井边，它一见到小鹤就马上跳到沼泽地里去了。小鹤紧追不放，但沼泽地的水很深，小鹤站在岸上怎么也够不到小蛤蟆，它扑扇着小翅膀，扇着扇着，突然飞了起来。妻子大声喊着，紧跟着追了上去。尽管妻子挥动着手臂，却不能随着小鹤一起飞起来。终于，妻子满脸泪水地跑回来告诉我们这件事："啊，天啊！太不幸了……"我们赶紧向沼泽地跑去。这时，小鹤已经落在沼泽地的中间，离我们很远了。

"噗噜——噗噜——"我喊着它。

孩子们也跟着我一起喊：

"噗噜——噗噜——"

你想象不出这只小鹤有多么乖巧——当听到我们喊"噗噜——噗噜——"时，它立刻扑扇着翅膀飞回来了。妻子当时真是欣喜若狂，马上吩咐孩子们去捉蛤蟆来喂它。那一年蛤蟆特别多，不一会儿就弄到了两帽兜。孩子们提着蛤蟆，开始喂小鹤，嘴里还数着数。喂了5只——小鹤吞下去了，又给了5只——又吞下去了，20、30……就这样，小鹤竟然一次吞下了43只蛤蟆。

# 孩子和鸭子

一只绿翅鸭决定把它的小鸭子们从林子里带出来，绕过村子，到湖边去过自由自在的生活。春天，湖水上涨，漫过了湖岸，要筑一个坚固的巢，就必须到离湖 3 俄里以外的林中沼泽地里的草墩上才行。当湖水退去后，它们还得走上 3 俄里的路返回湖边。在一些开阔的地段，常有狐狸和鹰出没。于是，为了安全起见，鸭妈妈走在最后，目光一刻也不离开它的小鸭子们。在铁匠铺附近，小鸭子们要横穿马路到对面去，鸭妈妈便理所当然地走在了最前面。就在这时，一群小孩发现了它们。他们兴致勃勃地摘下头上的帽子，朝鸭子们扔去，玩起了捉鸭子的游戏。鸭妈妈看到孩子们捉它的小鸭子，时而张大嘴巴紧追孩子们不放，时而惊慌不安地在马路上东奔西窜。当孩子们刚要朝鸭妈妈扔帽子，打算像捉小鸭子一样捉弄它的时候，正巧被我看见了。

"你们在干什么？"我严厉地问孩子们。

孩子们有些害怕，赶紧说道：

"我们这就放了它们。"

"赶快放了!"我很生气,"你们捉鸭子干什么?鸭妈妈在哪儿?"

"在那儿趴着呢!"孩子们齐声说道。

我顺着孩子们指的方向望去,只见旁边的土丘上,果真有一只鸭子正张大嘴巴不安地趴在那儿。

"你们真可恶!"我对孩子们说道,"快去把小鸭子全都还给它!"

孩子们好像很乐意听从我的吩咐,抱着小鸭子朝土丘跑去。鸭妈妈向后跳了一下,等孩子们一离开,它就迅速地扑过去救自己的儿女。只听得鸭妈妈"嘎嘎"地对小鸭子们飞快地说着什么,然后,掉过头朝燕麦田跑去,它的孩子们——5只小鸭子紧跟在它后面。就这样,鸭妈妈一家沿着燕麦田,绕过村子,向着湖边继续旅行了。

我高兴地摘下帽子,冲着鸭妈妈挥了挥手,喊道:

"一路顺风,鸭子们!"

孩子们冲着我笑了起来。

"笑什么,傻孩子?"我对他们说,"你们以为鸭子们会轻松地到达湖边吗?可没那么容易!等着吧,考大学有你们好瞧的。快点儿摘下帽子,跟鸭子们说声'再见'吧!"

孩子们把刚才捉弄鸭子时落满尘土的帽子扔上了天空,异口同声地喊道:

"再见了,鸭子们!"

# 凤头麦鸡

春天，鹤群飞来了。

这儿家家户户都在忙着修理耕田用的犁耙。在我们这个地方，很久以来就形成了这么一条不成文的规矩：春天里，在鹤群飞来后的第 12 天开始播种春耕作物。

于是，春汛之后，我就下田了。

站在我家的这片田上，可以望见一个湖泊。一群群白色的海鸥看到我，从四面八方向我飞来。白嘴鸦和寒鸦也飞到垄沟边找小虫子吃。白色或黑色的鸟儿们排成一排，像一条带子，悄悄地跟在我身后。只有一只凤头麦鸡，一会儿在我头上盘旋，一会儿又鸣叫着落到别的地方。"这个季节，雌性的凤头麦鸡正趴在窝里孵蛋呢。它们也一定都安家了吧？"我想。

"你从哪儿来？你从哪儿来？"凤头麦鸡冲着我喊道。

"我嘛，"我回答道，"我就是这儿的人呀。你是从哪儿来的？你在温暖的南方有什么发现吗？"

就在我说话的时候，拉犁的马突然一歪，身子倒向一边，犁也偏离了垄沟。我往下一看，发现有一只凤头麦鸡趴在犁道的前面。我推了马一下，惊动了凤头麦鸡，它一下子飞了起来，地上露出5枚蛋——这是它就地筑的窝，稍稍有点凌乱而已，那5个蛋躺在像桌面一样干干净净的泥土上。

我舍不得破坏它的"小窝"——这可是从不伤人的鸟儿啊。我抬起犁，绕过鸟蛋，没去碰它们。

回到家里，我给孩子们讲起了这件事："今天我犁田时，马突然向一边倒去，于是，我就看到了凤头麦鸡的窝和5个蛋。"

听完我的话，妻子怀疑地说："听你这么一说，我倒想看看了！"

"等着瞧吧，就快种燕麦了，到时候我带你去看。"

很快，过了些日子，我就到田里种燕麦，妻子帮我犁地。当我走到那个鸟窝旁时，我停了下来。我朝妻子挥了挥手，示意她也停下来。妻子将马向后拉了一下，凑了过来。

"瞧吧，"我说，"你这个爱刨根问底的女人，快看！"

母性的怜爱之心可想而知：妻子先是惊讶，然后又马上觉得凤头麦鸡不加保护地把蛋放在地上很可怜，最后，她还是拉着马绕了过去。

这块田，我一半用来种燕麦，另一半我打算用来种土豆。到了种土豆的季节，我和妻子来到地里，发现原先凤头麦鸡孵蛋的地方已经看不到什么了。看来，它们搬走了。

小狗卡多什卡一直缠着我们，非要跟我们一起到田里种土豆不可，我们只好把它带上。这时候，这只可爱的小狗正在水沟那边的草地上跑来跑去，妻子忙着播种，而我忙着耕地，都无暇顾及它。突然，耳边传来凤头麦鸡声嘶力竭的叫声。我们顺着声音一望，只见淘气的卡多什卡正在草地上追赶着5只小凤头麦鸡。这几只小凤头麦鸡羽毛灰溜溜的，腿长长的，头上已经长出了小凤头，该长的都长出来了，只是还不会飞，它们正用两条小腿没命地跑着，躲避着卡多什卡的追捕。妻子一下子认出来了，冲着我喊道："啊呀，那可是咱们家的小凤头麦鸡啊！"

我赶紧喝令卡多什卡停下来，但它连我的话也不听了，仍旧紧追不放。

几只小凤头麦鸡已经跑到水边了，再没路可逃了。"这下可糟了。"我想，"卡多什卡一定会捉住它们的！"转眼间，那5只小凤头麦鸡就跳进了水里，它们不是在水里游，而是在水里奔跑着。这可真是怪事：几只小凤头麦鸡居然"扑通、扑通"几下就跑到对岸去了。

卡多什卡只是傻乎乎地站在水边，或许是因为水太凉，或许是因为它太笨，总之是不敢再往前一步。就在卡多什卡发呆的时候，我和妻子赶到了，才把它叫到一边去。

# 小 山 雀

不知什么东西落进了我的一只眼睛里。正当我揉眼睛的时候，又有什么东西落进了我的另一只眼里。

我睁开眼睛，发现顺风吹来许多锯末，落得满地都是。看来，上风口一定有人在锯干木头。

我踩着白色锯末铺成的小路迎着风走过去，很快就发现前面有两只小山雀——全身瓦灰色，只有胖乎乎的小脸蛋是白色的。它们正啄着一棵风干的树，在腐烂的木质里找虫子吃。我举起望远镜耐心地观察它们。过了一会儿，一只山雀飞走了，视线里只剩下另一只山雀的小尾巴。于是，我轻手轻脚地从后面摸过去，悄悄地接近那只剩下的山雀，然后，我用一只手掌猛地往下一扣，小山雀居然一动不动，好像一下子被闷死了似的。我放开手，碰了碰它的小尾巴，它仍旧一动也没动。我又摸了摸它的后背，它仍旧一动不动，像死了一样。而另外那只小山雀此刻正在两三步远的一棵树上尖叫着，也许此刻它正在为它的伙伴放风。"趴在那儿，别动。"它一定在说，"我引开

113

这个人, 你再飞开, 千万别错过机会, 到时候赶紧溜掉呀。"

我不想再折磨地上这只小山雀, 就走到一边, 开始观察两只小山雀的动静。看来, 我得用好长时间耐心等待了, 因为那只落在树上的小山雀仍然盯着我, 警告它的"俘虏"同伴道:

"最好再趴一会儿, 他还站在附近, 没走开呢……"

我就这样站了好长时间, 终于等到树上小山雀的叫声发生了变化。我猜想它一定在对地上的小山雀说:

"快逃走吧, 没有别的办法了。无论我怎么吸引他, 他就是不走开。"

"他在哪儿?"

"就在那儿站着呢。"树上那只小山雀尖叫了一声, "看见了吗?"

"啊, 我看见了!"那"俘虏"叫了一声。

然后, 它轻快地飞了起来。

两只小山雀一起飞了没几步远, 又在窃窃私语了:

"咱们再看看吧, 或许他已经走了。"

于是, 它们飞上了一棵很高的树, 凝神细看。

"他还站在那儿没走。"一只小山雀说。

"的确还站在那儿。"另一只小山雀也肯定地说。

然后, 两只小山雀一同飞走了。

# 会说话的白嘴鸦

现在我给大家讲一个在饥荒年头里发生在我身上的故事。

有一只白嘴鸦（那时它的嘴可是黄色的）老是落到我家的窗台上，看来这只鸟儿是一个孤儿。我当时存了整整一口袋的荞麦米——每天就靠煮荞麦粥来维持生活。白嘴鸦常常飞来，我也常常撒一些荞麦米给它吃，还问它：

"你想喝点儿粥吗？小笨蛋。"

白嘴鸦吃了几粒荞麦米后就飞走了。从此，它每天都来。就这样过了一个月，我总希望它能对我的问话"你想喝点儿粥吗？小笨蛋"有一句回答："我想喝"。而这个小东西却只会张开它那还是黄色的小嘴，露出红色的小舌头。

"唉，真没办法！"我生气了，不再去训练它。

秋天来了，一件不幸的事情降临到我的头上：一天，我到大箱子里去掏荞麦米，但里面什么也没有，荞麦米全被偷光了，连盘子里的半条黄瓜也给偷走了！

我只好饿着肚子躺下睡觉，整夜辗转反侧，无法入眠。早晨起来，朝镜子里一看，脸都饿绿了。

"嘭！嘭！嘭！"有谁在敲窗户。

原来是白嘴鸦蹲在窗台上不停地敲着窗玻璃。

"有肉吃了！"我脑子里闪出一个念头。

于是，我打开窗户，伸手向白嘴鸦抓去。白嘴鸦迅速躲开我的手，逃到一棵树上去了。我又爬上窗户，向树枝上抓去。白嘴鸦越飞越高，一直飞到树梢上去了。树枝太细，不停地摇晃起来，我不能再往上爬了，而那个小调皮鬼却从上面看着我说道：

"你想——喝——粥——吗？小——笨蛋。"

# 发明家

沼泽地里一棵柳树下的土墩上有一窝小野鸭。小鸭子出生后不久，野鸭妈妈就领着它们沿着牛群踩出来的小路朝湖边迁移。当时，我正远远地躲在一棵树后观察它们的一举一动。过了一会儿，小鸭子们竟然走到了我跟前。于是，我抓起其中的3只，打算抱回家自己养，而那剩下的16只鸭子又继续沿着小路往前走了。

这3只小黑鸭子在我这儿生活了一阵子之后，身上的羽毛就一点点地变成了灰色。又过了一些天，3只灰鸭子出落为一个"美男子"——花色的小公鸭和两只小母鸭——杜霞和穆霞。为了防止它们飞走，我把它们的小翅膀剪短了些。就这样，它们在我家的院子里住了下来，跟我家的鸡和鹅一起生活。

又一个春天来了，我们在地下室里找了些废旧不用的东西，给3只鸭子做了一个土墩，大小与沼泽地里的那个差不多，还在土墩上搭了3个窝。杜霞在自己的窝里下了16个蛋，并开始孵蛋。穆霞下了 14 个蛋，但它却不想趴下来孵蛋。无论我们怎么费尽心思地努力，穆霞就是不想当妈妈。

于是，我们只好把家里骄傲而尊贵的黑母鸡——黑桃皇后请了出来，放到鸭蛋上。

过了一些日子，小鸭子出世了。起初，我们把小鸭子放在暖和的厨房里，细心地照顾它们，喂它们吃鸡蛋。

没过多久，在一个晴朗而温暖的日子里，杜霞带着它那些黑乎乎的小鸭子们去了池塘，而黑桃皇后则带着自己的小鸭子们到菜园里找小虫吃。

"吱、吱"——池塘里的小鸭子们在不停地叫着。

"嘎、嘎"——杜霞呵护着小鸭子们。

"吱、吱"——菜园里的小鸭子们也在不停地叫着。

"咯、咯"——黑桃皇后也同样呵护着它的小鸭子们。

菜园里的小鸭子们当然不明白"咯、咯"是什么意思，但池塘那边传来的"嘎、嘎"声它们却听明白了。

"吱、吱"的意思是"到自己人这儿来"。

而"嘎、嘎"的意思是说："你们是鸭子，怎么能跟母鸡在一起呢？快点儿游过来！"

于是，小鸭子们不停地朝池塘这边张望着。

"到自己人这儿来！"

小鸭子们终于忍不住了，它们一路小跑地向池塘奔来。

"过来，游过来！"

于是，小鸭子们就这样下了水，游了过去。

"咯、咯！"高傲的黑桃皇后站在岸上，执著地呼唤着它的孩子们。

　　小鸭子们根本不听黑桃皇后的召唤，依旧向前游着，游着，终于"吱、吱"叫着与另外的一伙鸭子会合了。杜霞愉快地接受了这伙小鸭子的到来。不管怎么说，看在穆霞姨妈的面上，这些小鸭子也该是它的亲外甥呀。

　　整整一天，这个新组合的鸭子大家庭都在小池塘里游水，而黑桃皇后也整整一天站在岸上发着脾气，"咯、咯"地叫骂着，唠叨着，还不时地挖几条小虫子来诱惑小鸭子们。它冲着小鸭子们"咯、咯"地叫着，大概是说："这儿有好多小虫子，特别好吃的小虫子，快过来呀！"

　　"坏蛋，坏蛋！"小鸭子们冲着它喊道。

　　傍晚的时候，在一条干爽的小路上，母鸭用一条长绳子把自己的小鸭子们圈回了家。这些黑乎乎的、长着细长嘴巴的小东西从神态高傲的黑桃皇后的眼皮底下走过时，竟没有一只朝这位母亲望上一眼。

　　我们把鸭子们全都罩进一只大筐里，放在厨房里暖和的炉子旁边过夜。

　　清晨，我们还在睡梦的时候，杜霞就从筐里爬了出来，在地上走来走去，"嘎、嘎"地叫着，想把小鸭子们都吸引到自己身边来。随着它的叫声，陆陆续续有"吱、吱"的声音回应着。我家房子的墙是用松树搭成的，回声很大，因此，一大早屋里就充满了鸭子的叫声。尽管声音嘈杂，但我们还是能听到一个很特别的、尖细的声音。

　　"你们听到了吗？"我问孩子们。

　　他们全都竖起耳朵，仔细听起来。

　　"听到了！"孩子们叫了起来。

为了看个究竟，大家都向厨房走去。

到那儿一看，大家全明白了：地板上并非只有杜霞一只鸭子，与它并排站着的还有一只小鸭子，正惊慌失措地"吱、吱"叫着。这只小鸭子像其他小鸭子一样，比黄瓜高不了多少。这个小勇士是怎样从这个30厘米高的筐里爬出来的呢？

是小鸭子自己想出办法跟着妈妈从筐里爬出来的，还是杜霞无意中用翅膀碰着小鸭子而将它抛出来的呢？我们百思不得其解。于是，我在这个小勇士的一条腿上系了一根细带子，然后又将它放回筐里去。

又过了一夜，第二天早晨，当厨房里传来第一声鸭叫时，早已醒来的我们一下子冲进厨房里。

地上，随着杜霞跑来跑去的还是那只腿上系着细带子的小鸭子。

这时候，那些被困在筐里的小鸭子们都在"吱、吱"地叫着，用力向外挣扎，但无论怎样努力都无济于事，偏偏只有这只小鸭子能跑出来。

我说："它一定有什么好办法。"

"它简直就是个发明家！"列娃喊了一句。

这件奇怪的事情引起了我的兴趣，我倒想看一看这个"发明家"究竟是用什么办法来解决这个难题的：它是怎样单凭着一双长蹼的小脚爬出这直上直下的大筐的。第二天一大早，天还没亮我就起来了，而孩子们和小鸭子们都睡得正香呢。我摸到厨房里，在电灯旁边坐了下来，打算时机一到，立刻开灯，弄清筐里面到底会发生什么事情。

渐渐地，东方发白，天亮起来了。

"嘎、嘎"——杜霞叫了一声。

"吱、吱"——只有一只小鸭子回答它。

接下来仍旧是万籁俱寂。孩子们熟睡着，其他的小鸭子们也熟睡着。

远处传来工厂的汽笛声。天越来越亮了。

"嘎、嘎"——杜霞又叫了一声。

这一次却没有听见回答。我想，也许那个"发明家"正在解决它的难题而没有时间回答妈妈的叫声吧。接着，我急忙打开灯。

我看到了什么呀——母鸭仍旧趴在筐里，它的头正好与筐齐平。除了那只腿上系着细带子的小鸭子此刻正从妈妈的羽毛下爬出来外，其他的小鸭子都趴在妈妈温暖的身子底下。这只腿上系着细带子的小鸭子像爬砖块一样向上爬着，一直爬到妈妈的后背上。就在这时，杜霞站起身来，小鸭子也就随着被抬了起来，正好与筐边齐平。于是，鸭背上的小家伙就像小老鼠一样，迅速爬到筐边上，紧接着，它一个筋斗翻下来！小鸭子一落地，杜霞也跳到筐外的地板上。于是，前两天早晨的那一幕又重演了："嘎、嘎、嘎"，"吱、吱、吱"——叫声响遍了整个屋子。

这之后，大约两天后的一个早晨，地板上一下子出现了3只小鸭子，接下来的日子出现了5只，后来越来越多了。最后，只要杜霞一声召唤，所有的小鸭子就会全爬到它的背上，然后翻到筐外去。

从此，我的孩子们就把那只为众小鸭树立榜样的小勇士叫做"发明家"。

# 刺　猬

一次，我在小河边走着，在灌木丛下面发现了一只刺猬。它一看到我，便马上缩成一团，发出"哒、哒、哒"的声音，很像从远处驶来的汽车声。我用靴尖轻轻地碰了碰它，它恐惧地用鼻子"噗"了一声，接着用身上的刺刺我的靴子。

"啊，你敢刺我!"我说着，就用靴尖把它踢到小河里去了。

不一会儿，刺猬露出水面，向岸边游过来，那样子就像一只小猪，只不过背上长的不是毛，而是刺儿。我拾起一根小木棍，把小刺猬从河里挑起来，放到帽子里。

我们家老鼠很多，我听说小刺猬能捉老鼠，就决定把它带回去捉老鼠。

回到家，我把这只缩成一团的、软软的、带刺的家伙放到地板中央，便坐下来看报纸，并不时瞅瞅它。它一动不动地趴着。没趴多久，小刺猬便舒展开身体，四下张望起来，试探地来回爬着，终于在床下找到了一个地方，呆在那儿不动了。

天色暗下来了，我点亮灯——啊！我的天！——小刺猬从床底爬了出来。毫无疑问，它是把灯当作林子里的月光了。刺猬喜欢在月光下的林间空地上跑着玩。它开始在房间里忙碌起来，还以为这里就是林间空地呢。

我拿起烟袋吸起烟来，让"月亮"周围布满了云一样的烟雾，这就更像在林子里了：有"月亮"，有"云"，而我的两条腿，就像两株树干。小刺猬大概对此很满意，它在这"林间空地"上窜来窜去，时而闻闻，时而用刺碰碰我的靴后跟。

我把看完的报纸扔在地板上，关上灯，躺到床上睡觉了。

我睡觉一向不是很沉，这一次也不例外。我听到房间里有"沙沙"的响声，便划了一根火柴，点燃蜡烛。只见小刺猬在床下探头探脑，报纸也不在桌子旁了，跑到房子中央去了。我让蜡烛一直点着，睡意没有了。让我困惑不解的是：小刺猬要报纸干什么？没多久，我的"房客"从床底下跑了出来，径直向报纸爬去，它在报纸旁转来转去，弄出些响声来，最后，它把报纸的一角盖到自己身上，将这一庞然大物运到了角落里。

这时，我才明白：在小刺猬看来，报纸就是林子里的干树叶儿，它是把报纸驮去筑巢的。一点儿不错，很快小刺猬的全身都盖上了报纸，它把报纸当成了一个真正的窝。做完了这件重要的事情，它就从自己的"家"里出来，对着床站定，仔细地看着它心中的那轮月亮——蜡烛。

我俯下身去，问道："你还要什么？"

小刺猬并不害怕。

我又问："想喝水吗？"

我下了床，小刺猬没跑开。

我拿来一个盘子，放到地板上，还提来一桶水。我一会儿往盘子里倒点儿水，一会儿又把水倒回桶里，那么大的动静，就好像小河里的水在哗哗流淌。

"喂，来，来……"我说，"你看，我给你造了一个月亮，造了云雾，还给了你水……"

我看见，小刺猬好像向前动了动，我也把自己的"小湖泊"向前挪了挪。它向前动，我向前挪，我们在"湖"边相遇了。

"喝吧。"我说。

小刺猬开始舔起水来。

我一边轻轻地用手拂它的刺，好像在抚摸它一样，一边说：

"好可爱的小东西，好可爱啊！"

小刺猬喝饱了水。我说："睡吧。"

我躺了下来，吹灭了蜡烛。

我也不知自己过了多久才睡着，只听见小刺猬在屋子里干起活来。

我点燃蜡烛——你想象得出吗？小刺猬在房间里奔忙着，它满是刺的背上驮着一个苹果。它跑到自己的窝里，放下这个苹果，又跑到角落里驮其他的苹果——角落里有一大袋苹果。就这样，小刺猬跑到苹果那儿，身子蜷成一团，抽动着，再一次把一个苹果放到背上，驮回自己的窝里……

于是，小刺猬在我这儿安下了家。现在，我喝茶时总把它放在桌上，我一会儿往小盘子里给它倒点儿牛奶——它能喝光，一会儿给它一小片面包——它也全吃光。

124

# 雕 鸮

凶猛的雕鸮总在夜里出来捕猎，白天躲起来。有人说雕鸮是由于白天看不清东西才躲起来的，而我则认为，即便白天它能看清东西，也不敢露面——因为它在夜里作恶多端，树敌太多了。

有一次我带着一只外号叫"斯瓦特"的西班牙种的小猎狗在林间走着。突然，它不知为什么在一大堆干树枝旁停了下来，左嗅嗅，右嗅嗅，围着树枝又是跑又是叫，犹豫着不敢往里爬。

"别闹了！"我命令它，"那是只刺猬。"

我的猎狗早已训练有素，只要我说是"刺猬"，它一般是不会再闹的。但这一次斯瓦特却不听话了，它一下子猛地冲向树枝，然后小心翼翼地往里爬去。

"也许就是刺猬。"我想。

突然，从斯瓦特爬进去的相反方向的树枝底下跑出来一只雕鸮——大身子，大耳朵，还有像猫一样的大眼睛。

雕鸮白天出现可是件大事。小时候，我常常一个人到黑洞洞的房间里去取东西，当时特别害怕会有什么东西从黑暗中冒出来，但我最怕的还是鬼。当然，这都是自己骗自己，世界上是没有鬼的。夜里出没的强盗——雕鸮此刻从树枝底下飞出来，并没有什么可怕。

这时，只见雕鸮蜷缩着身子，慌慌张张地就近逃到一棵云杉树下。这一切，正好被一只过路的乌鸦看见了。乌鸦赶紧飞到这棵云杉树的树枝上，它的叫声竟变了调：

"嘎！"

这只乌鸦简直惊呆了！人类可以用许多词汇来形容自己的心情，而乌鸦只会用"嘎、嘎"的叫声来应付各种场合，但不同场合，它叫的声调却不同，意思也就不同。这时候乌鸦这一声"嘎"的意思就好像人在极为恐惧的时候喊的一声"天啊！"

这一声可怕的叫声首先被附近的一群乌鸦听到了，它们也跟着"嘎嘎"地叫起来。稍远一点的乌鸦听到后，也跟着叫了起来。霎时间，无数只乌鸦像乌云一样压了过来，大叫着落满了这棵云杉树上的所有枝干。

听到乌鸦惊慌不安的叫声后，一群群长着白眼睛的黑色寒鸦、扑扇着蓝色翅膀的褐色松鸦和金黄色的黄鹂也从四面八方飞了过来。云杉树上已无处可落了，就连附近大大小小的树上也落满了鸟儿，而且还有越来越多的鸟儿飞来：小山雀、煤山雀、柳莺、红胸鸲等。

这时候，斯瓦特还不知道雕鸮早已从树枝底下钻了出来，溜到云杉树下面了，它还在树枝下面"汪汪"大叫着，翻找着。树上的乌鸦和其他的鸟儿们注视着那堆树枝，等待着斯瓦特从底下钻出来，然后将雕鸮从云杉树下赶出来。但是斯瓦特却一直傻乎乎地在树枝下面忙乎着，不肯出来。乌鸦们终于忍无可忍，冲着斯瓦特大喊了一声：

"嘎！"

这话的意思很简单：

"傻瓜！"

终于，斯瓦特嗅到了雕鸮的踪迹，从树枝下面钻了出来，弄明白了情况后，就直奔云杉树而去。树上的乌鸦异口同声地又喊了一声："嘎！"

它们的意思是说：

"对了！"

于是，雕鸮被斯瓦特从云杉树下赶了出来，它伸开翅膀，刚要飞——乌鸦们又大喊了一声：

"嘎！"

这句话的意思是：

"抓住它！"

所有的乌鸦都从树上飞起来，紧跟在后面的是一群群寒鸦、松鸦、黄鹂、鸫、歪脖鸟、红额金翅雀、小山雀、煤山雀，这些鸟儿铺天盖地，像乌云一样紧追着雕鸮，嘴里都发出同一个声音：

"抓住它，抓住它，抓住它！"

我差点儿忘了告诉大家：就在雕鸮伸展开翅膀欲飞的时候，斯瓦特总算追上了它，一口咬住了它的尾巴，但雕鸮猛地向前一挣，迅速地逃开了，只有一撮毛留在了斯瓦特嘴里。斯瓦特被激怒了，它顺着田垄紧紧地追赶着雕鸮，它的身后是乌云般的鸟群。

"对了，对了！"乌鸦们冲斯瓦特喊着。

鸟群很快就消失在地平线上，斯瓦特也消失在小树林那边了。

后来怎样——我不知道，只是过了 1 个小时才见斯瓦特跑了回来，嘴里还衔着雕鸮的羽毛。我不能确定它嘴里的羽毛是刚才在我面前咬下来的，还是它后来帮助鸟群处死雕鸮时咬下来的。

不知道就是不知道，我不想欺骗大家。

# 蚂　蚁

　　追捕狐狸追得我累极了，于是我就想找一个地方歇一歇，但抬眼望去，林子里到处都是厚厚的积雪，实在找不到地方可坐。就在这时，我突然发现一棵树下有一个很大的蚂蚁窝，上面还盖着很多积雪。我走过去，轻轻拂去上面的雪，露出了一个由针叶、小树枝和木屑搭成的蚂蚁窝，这真让人难以置信。我扒开这些蚂蚁"收集来的东西"，坐到温暖干燥的蚂蚁窝上面，而身下就是一窝蚂蚁。当然，蚂蚁对上面发生的事还一无所知，它们此时正在我的屁股底下甜甜地睡觉呢。

　　我不止一次地见到过这样的蚂蚁窝，并且每次总要在上面坐一会儿，等我离开之后，蚂蚁们就得重新筑它们的窝。你也许会同情这些可怜的小蚂蚁，责怪我给它们添麻烦，但你想一想它们有千百只，筑一个窝又算得了什么！这样一想，你就会放心了，再说，有机会让小蚂蚁为我效劳也是件荣幸的事啊！

　　这时，我发现离蚂蚁窝不远的树皮不知被谁撕去了一圈，露出来的部位像一个大圆环被厚厚的树脂盖住了，切断了浆液的流动，将使这棵树不可避免地死去。树上的这种"圆环"一般都是啄木鸟干的，但这一次不像，因为啄木鸟不会啄得这么干净整齐。

"多半是有人想用树皮做盛野果的箱子才砍的吧。"我想。

在蚂蚁窝上歇得差不多了，我便起身离开了。过了一些日子，一个很偶然的机会，我又恰巧从这个蚂蚁窝附近经过。当时的天气已经相当暖和了，小蚂蚁们已经从冬眠中苏醒过来，纷纷爬了出来。

我站在那棵树下，抬头看见那块被撕去树皮的流满树脂的白色"圆环"上有一块黑色斑点，于是我拿出放大镜，想看个究竟。原来，这个黑色斑点竟是一群蚂蚁，不知什么原因它们打算穿过这块流满树脂的"圆环"爬到树上面去。

要想弄懂蚂蚁们的心思，就得仔细地、认真地观察才行。我经常在林子里观察蚂蚁，看它们在树上爬来爬去。只有一点我从来没注意到：有多少只蚂蚁在为一个目标奔忙，它们在树上忙来忙去，究竟想要做什么？

现在我看到的可不是几只蚂蚁在往上爬，而是所有的蚂蚁都在由下而上地爬行，但是，铺满树脂的"圆环"却成了它们前进路上的障碍——这便惊动了整窝蚂蚁。

显然，蚂蚁们进行过总动员。此时所有的蚂蚁都出动了，纷纷往上爬去。不一会儿，蚂蚁王国的所有成员就一个不落地潮水般地聚集在铺满树脂的"圆环"旁边。

爬在最前边的是一批"侦察兵"，它们企图强行穿过"圆环"，但却一个接一个地陷进"圆环"里，牺牲了。后面跟上来的"侦察兵"踩着自己同伴的身体继续向前行进，很快，它又成了下一个"侦察兵"脚下的铺路石。

蚂蚁们摆出队形，它们的进攻猛烈而迅速，我眼前的白色"圆环"在渐渐变暗、变黑：这是由于前面的蚂蚁英勇地投身到树脂中，用自己的身体给同伴铺平了道路。

就这样，大约过了半个小时，蚂蚁们便将这个满是树脂的"圆环""涂黑"了，剩下来的蚂蚁沿着这条"混凝土路"毫不费力地爬了过去，并且继续前行，忙它们自己的事去了。

# 过夜的兔子

清晨，济诺奇卡和我一起寻找兔子的踪迹。

就在昨天，我的狗把一只兔子从远处的林子里赶到了我家的草垛里。那只兔子后来是逃回林子里去了，还是在这附近的某个小河沟里躲起来了呢？我们找遍了所有的地方，终于发现了兔子的脚印——是往林子方向逃走的。看来是不久前才跑掉的，它的脚印依然清晰可辨。

"它从这里跑回它的老林子里去了。"我说。

"那么兔子昨天晚上是在哪儿过夜的呢？"济诺奇卡问。

她的问题一下子把我弄糊涂了，但我马上清醒过来，回答道：

"夜里，我们人类要睡觉休息，而兔子是不睡觉的，也就是说，我们的夜晚对于兔子来说是白天，而我们的白天对于兔子来说却是夜晚。因为在白天里，任何一种强大的野兽都可以欺辱它们，所以，白天对它们来说也就显得格外可怕。这只兔子就是在昨天夜里经过这里回到林子里去的，此刻，也许它正躲在林子里趴着休息呢。"

# 幼 蛙

中午时分，火辣辣的太阳烤得地上的冰雪开始融化。再过两天，顶多三天，春姑娘就会姗姗而至。天气实在太热了，以至于我家房屋周围的雪地上的车辙都变成黑色的了，让人看上去就像烧出来的木炭一样。我伸手去摸这块黑乎乎的雪地——这是怎样的"木炭"啊——在近乎黑色的车辙上呈现出一块白色的斑点，是一些小甲虫跳开后留下的。

在中午的阳光下，大约有一两个小时，雪地上会有各种各样的蜘蛛、甲虫、小跳蚤蹦来蹦去，甚至还能见到几只小蚊子。就在这时，发生了一件意外的事情：融化的冰雪向地下渗去，惊醒了在厚厚的"雪被"下冬眠的一只粉红色的幼蛙。幼蛙从"雪被"下面迷迷糊糊地爬了出来，愚蠢地以为春天已经来了，可以进行它的旅行了。众所周知，幼蛙在春天里旅行的目的地一定是小河沟或小水洼。

恰巧，这天晚上落了一层薄薄的雪，因此，这位"旅行者"的足迹很容易被辨认出来。

　　"旅行者"的脚印一开始是笔直的，小爪子一个挨一个地伸向最近的一个小水洼。突然，不知为什么，脚印乱了，而且越来越乱。到后来，看得出这位"旅行者"确确实实是迷路了，一会儿往前，一会儿往后，急得团团转，雪地上的脚印像乱糟糟的线团。

　　这是怎么回事？为什么幼蛙会突然改变方向，不到小水洼那边去，而想往回走呢？

　　为了解开这个谜团，我继续沿着地上的踪迹观察，终于发现了目标：一只粉红色的幼蛙僵硬地躺在地上。

　　一切都真相大白了。昨天夜里，冬爷爷又勒紧马缰，向大地吹出一口冷气。顿时，冷气袭来，幼蛙觉得不对劲就停了下来，然后便没头没脑地一阵乱窜，拼命想回到那个温暖的、让它感觉到有春天气息的小洞里去。

　　今天，不愿离去的冬爷爷再次施展威力，天气更冷了。我想好好地帮帮这只可怜的幼蛙。我哈气给这只幼蛙取暖——但仍不见它动弹。突然，我有了一个好主意：我拿来一小锅温热的水，然后将这个叉开四只小爪子的粉红色小东西放了进去。

　　冬爷爷，你尽管施展你的威力吧——现在你可对付不了我们了！仅仅不到 1 个小时，幼蛙就又感觉到春天的气息了——它的小爪子动了一下。很快，它整个身子都活动起来了。

　　当春天的第一道雷声响过，到处可见跳动的幼蛙时，我们把小"旅行者"放进那个它曾经那么渴望提前进入的小水洼里，然后向它道别道：

　　"多保重，小家伙，以后可不要轻率从事了。常言道：涉水之前，要先探一下深浅呀！"

# 柱子上的母鸡

　　春天的时候，邻居送给我们4只鹅蛋。我们悄悄地把鹅蛋放到了一只叫做"黑桃皇后"的黑母鸡的窝里。后来，黑桃皇后孵出了4只娇黄娇黄的小鹅。小鹅吱吱叫着，不时发出跟小鸡完全不同的声音。然而，骄傲的黑桃皇后却立起羽毛，根本不注意这些，它像爱护自己的小鸡一样爱护这4只小鹅。

　　春去夏来，蒲公英遍地开放了。此时，小鹅们要是把脖子伸直的话，都快赶上母鸡妈妈高了，但它们仍然跟在母鸡妈妈的身后玩耍。与小鸡们稍有不同的是：当母鸡用爪子刨土找小虫子吃的时候，小鹅们却在蒲公英丛中蹿来蹿去，用它们那长长的嘴去撞蒲公英，弄得蒲公英的绒毛随风飘舞，而无论母鸡怎么召唤，小鹅们就是不予理会。每当这时候，母鸡妈妈就停下来朝这边张望，眼里闪过一丝怀疑的神情。母鸡常常是一边用爪子刨着土，一边咯咯地叫着，大声地呵斥着小鹅们，希望小鹅们哪怕理解它一点点意思也好啊。可那4只小鹅只是时而吱吱叫着，时而啄几口绿草吃，完全不理会母鸡的召唤。不知

谁家的狗常常装模作样地在母鸡身边晃来晃去，做出一副要到哪儿去的样子——狗还能去哪儿呢，无非是盯上那 4 只小鹅了！母鸡妈妈反应很快，这时会立即冲上去，将狗赶开。回过头来，母鸡望着自己那 4 个孩子，又露出若有所思的神态来。

我们开始观察这只母鸡，等待着它能最终弄明白眼前的事实：4 只小鹅根本不是它的孩子，不值得它去冒险与狗打架。

这一刻终于在我家的院子里来到了。在一个阳光明媚、花香怡人的六月天里，太阳一下子暗了下来，于是公鸡开始叫起来：

"咯、咯！"听到公鸡的叫声，母鸡也开始召唤它的 4 只小鹅回棚子里去。

"天啊，要变天了！"女人们喊叫起来，赶紧冲到院子里收拾晾在那儿的床单和被套。

很快，电闪雷鸣。

"咯、咯！"母鸡仍在不停地叫着。

4 只可爱的小家伙高高地昂起小脖子，像是挺起 4 根柱子一样，跟在母鸡后面先后进了棚子。我们惊奇地发现，这 4 只几乎与母鸡一样高的小鹅竟然很听话地蜷缩成一小团，钻到母鸡身后，而母鸡此时正抖开身上的羽毛，张开翅膀，用自己的身体让孩子们取暖。

雷声很快就停了下来，乌云散去，太阳重新照耀到我们的小花园里。屋顶上不再往下流水了，各种鸟儿也飞出来开始歌唱。躲在母鸡身下的小鹅们听见了这些欢快的叫声，自然就想到外面去玩了。

"我们要到外面去玩，到外面去玩！"小鹅们吱吱叫起来。

"咯、咯!"母鸡叫着。

它的意思大概是说:"再等一会儿,外面还有点儿凉!"

"怎么会呢!"小鹅们抗议着,"我们要到外面去,到外面去!"

它们突然站起来,伸长脖子,于是,母鸡被顶了起来,那情形就像站在四根柱子上一样,母鸡在高空中摇晃起来。

自从这件事之后,母鸡开始独自行动,小鹅们也不再跟着它了。看来,就在那一瞬间母鸡明白了一切,它可不想再次被顶到柱子上了。

# 爱出风头的小喜鹊

我家有一条极地猎狗——莱卡狗，它是自己从比亚河边跑来的。我们出于对比亚河这条西伯利亚河流的尊敬，曾给这条狗起名叫"比亚"，但叫着叫着不知怎么就改成了"比尤什卡"，后来，大家又叫它"维尤什卡"了。

我们很少带它出去打猎，因为它是一条出色的看家狗——你尽管放心去打猎吧，维尤什卡是不会放一个陌生人进门的。

维尤什卡是一条很可爱的狗，大家都很喜欢它。它长着一对像犄角一样的小耳朵，小尾巴卷成一个小圆圈摇来摇去，牙齿像葱一样白。有一次，我们吃午饭时扔给它两块小骨头，这对于它来说可是一顿美味佳肴。维尤什卡伸直它那本来卷成圈的小尾巴，像根棍子一样杵向地面。这个动作表示它心里既不安又警觉，随时准备保卫自己的战利品——我们都知道，自然界中对肉骨头垂涎三尺的动物比比皆是。就这样，维尤什卡摇着它的小尾巴来到一片茂密的草丛中，开始啃第一块骨头，把另一块放在自己身边。

就在这时，不知从哪儿冒出来一群喜鹊，它们在地上跳着，试探着，终于跳到了小狗跟前。维尤什卡发现了喜鹊，猛地转过头去，一口咬住了另一块骨头！而这时，一只喜鹊从另一面冲了过来，咬住了刚才被维尤什卡放下的那块骨头！然后，它拖走了那块骨头。

这件事发生在晚秋时节，这时夏天出生的喜鹊已经长大了。这窝喜鹊共有 7 只，它们从父母那里学会了所有偷东西的本领。它们很快就把偷来的小骨头啄了个干干净净，又开始惦记起小狗嘴里的第二块骨头了。

常言道：一个家庭中并不是个个都是好样的。喜鹊也是如此。在这个喜鹊家庭里就出落了这么一个傻乎乎的小家伙，它的脑子里常常会产生一些与众不同的、反常而古怪的念头。瞧，此刻就是这样：面对眼前的情况，其他 6 只喜鹊做出的反应是一致的——围成半圆形，互相使着眼色，寻找时机准备行动，而只有这只爱出风头的小家伙，看起来心情很不错，口中拉着长音，跳到一边去了。

"特拉——哒——哒！"6 只喜鹊叫了起来。

这叫声的意思大概是说：

"快把骨头向后滚，快点，就像刚才那样！"

"特拉——里亚——里亚！"那个爱出风头的喜鹊回答道。

它的意思大概是说：

"你们去滚吧，我爱怎么做就怎么做，不用你们指点！"

这个爱出风头的小家伙既有对猎狗的恐惧，又想获得冒险的刺激感。它悄悄地跳到维尤什卡身边，心里盘算着：只要我一接近它，这个笨蛋就一定会扔下肉骨头朝我扑过来，到时，

我就巧妙应付，趁其不备，偷走骨头。

但是，维尤什卡却一下子看透了它的心思，歪眼打量了一下小喜鹊，没去理会它。然后，维尤什卡放下肉骨头，向相反的方向——6只喜鹊围成的半圆形的那儿望了一眼。此时，6只聪明的小喜鹊已经逼上来了。

就在维尤什卡回过头去的那一瞬间，爱出风头的小喜鹊终于找到机会进攻了。它冲上前，咬住了那块肉骨头，甚至还转了一下身子，用翅膀拍了一下地面。茂密的草丛中，扬起纷纷的尘土。

小喜鹊就差一点点就飞起来了，就差一点点。维尤什卡猛地回过头来咬住了它的尾巴，骨头落到了地上……

这个爱出风头的冒失鬼使劲挣扎，终于还是挣脱了，但它那漂亮的长尾巴却像一把长长的匕首，落到了维尤什卡的嘴里。

有谁见过没长尾巴的喜鹊？别说见过，就是让你想象一下也很难——这个五彩斑斓、动作灵巧、爱偷吃的小喜鹊被弄断了尾巴该是什么样子的？通常，在农村湖边上长大的顽童常常捉来一些马蝇，在其背上插上麦秆后再放飞。马蝇就带着这长长的"尾巴"艰难地在空中盘旋——太可恶了，太让人难以忍受了！要是你对长了"尾巴"的马蝇感到吃惊的话，那么看到这只没有尾巴的喜鹊，你就会更加震惊。此刻，在这只鸟儿身上，任何有关喜鹊的印记都没有留下，它成了四不像：既不像喜鹊，也不像别的什么鸟，简直就是一个长着小脑袋的五彩球。

这只爱出风头的没有尾巴的喜鹊落到附近的一棵树上，这

家园的故事丛书

时它的 6 个同伴也飞了过来。喜鹊们叽叽喳喳地叫着，慌乱地缩成一团。很显然，在喜鹊们眼里，再也没有比丢失了尾巴更令它们觉得耻辱的事情了。

# 赫罗姆卡

家园的故事丛书

我在河面上划着小船，赫罗姆卡跟在船后面游水——它是我养的一只母鸭，专门用来诱骗野鸭上钩的。赫罗姆卡也曾是一只野鸭子，现在已被我驯服，为我服务了——它的任务是将那些野生的公鸭骗进我打猎用的棚子里。

无论我的船行到哪里，赫罗姆卡都会跟在我身后。有的时候，它会在某个小河湾贪玩一会儿，而我的小船绕过河湾，看不到它时，只要我喊一声"赫罗姆卡"，它立即会向我的小船这边游来。总之，我走到哪儿，赫罗姆卡就跟到哪儿。

赫罗姆卡在我们这儿曾经遭受过很大的痛苦。起初，我们把一群刚出生的小鸭子放在厨房里，可小鸭子的气息被一只大老鼠嗅到了，于是大老鼠就在墙角打了一个洞，闯了进来。小鸭子们吓坏了，"吱、吱"地尖叫着。我们赶紧跑到厨房里去，正碰上大老鼠咬住一只小鸭子的腿往洞里拽。由于洞口太小，小鸭子被卡住了，大老鼠只好放弃了口中的美味，逃走了。我们堵上洞口，但那只小鸭子的腿早已断了。那只小鸭子就是现

在的赫罗姆卡。

为了给赫罗姆卡治伤，我们想尽了办法：连接伤处、缠上绷带、涂药……这一切都无济于事，小鸭子永远地失去了一条腿。

在动物世界中，瘸腿是件极倒霉的事。我们这里的动物从不给生病的同伴治伤，也不同情弱者，甚至还要欺负它，杀死它。无论是赫罗姆卡的同类，还是母鸡、火鸡、鹅——它们都很想杀死赫罗姆卡，尤其是鹅表现得最为凶狠。在鹅的眼中，小小的鸭子简直不值一提。于是"高大魁梧"的鹅总是在赫罗姆卡身上打主意，想居高临下地压到这个小不点身上，就像个气锤一样把它压扁。

也许赫罗姆卡身上有着某种特别的聪明才智吧，尽管它渺小得不值一提，但它还是用它那像欧洲榛子一般大的小脑袋瓜弄明白了一件事：只有人才能救得了它的命。

从我们人的角度来说，确实也很可怜赫罗姆卡。那些脾气火暴、性格凶残的动物因为赫罗姆卡的腿瘸了，就想杀死它，但那条腿是大老鼠弄断的，赫罗姆卡又有什么错呢？

于是，我们以我们人类看问题的角度和方式，爱上了弱小无助的赫罗姆卡。

我们时时刻刻都护着它，而它也开始跟在我们身后，并且只跟着我们。终于，它长大了，而我们却不用像对待别的鸭子那样剪断它的翅膀，因为别的鸭子都是野性未改的鸭子，把原始的大自然看成它们的家园，总是渴望能飞到大自然中去，而赫罗姆卡离开了我们就无处可去了。

我们的家就是赫罗姆卡的家。

就这样，赫罗姆卡从一只野鸭子变成了与人朝夕相伴的驯服的家鸭。

现在你明白为什么我划着船捉野鸭时，赫罗姆卡会跟在我后面寸步不离的原因了吧？一旦它落后了，它的小脑袋就会一蹿一蹿地露出水面，飞快地游过来，跟上我的小船。比方说，它在一个小河湾里因捉小鱼而耽搁了时间，我的小船已经转到草丛后面去了，并且速度也加快了，但只要我喊一声："赫罗姆卡！"——这个可爱的小家伙就会箭一般地直冲我游过来。

# 水表层的鱼

阳光明媚，水面上波光粼粼，深蓝色的蜻蜓停在芦苇丛和木贼草叶上。每一只蜻蜓都有属于它自己的木贼草和芦苇，它们不时地飞走又飞回。

一群乌鸦飞累了之后，停下来歇息。

这时，一片脉络清晰的小叶子飘落到水面上，顺着水势转呀转，转个不停。

在这样一个平静暖和的天气里，我驾着小船沿河而下。小船可比那片叶子重多了，它是由帆布包着52根木棍做成的。小船只有一只桨——一根长长的棍子，两端是扁平的，可以左右交替着划水。这样简便轻捷的小船，划起来并不费劲：只要用桨轻轻一划，小船就动了，而且轻得连一点儿声音都没有，连小鱼都不会惊动。

你简直想象不出驾着这样的小船在河里划行时有多么轻巧！

瞧，一只白嘴鸦从河面上飞起，接着又一下子扎到水里去

了。这个灰白色的小点一落到水面上，立刻就引起了一些在水表层活动的鱼儿的注意。只一瞬间，白嘴鸦周围就聚集了很多小鱼，那场面热闹得简直就像在赶集。狡猾的白嘴鸦发现鱼群过来后，就悄悄游近，然后用尾巴向鱼群猛地一扫，被击昏的鱼全都肚子朝天地翻了过来，但鱼儿们只是暂时的昏迷，不到一分钟它们就会苏醒过来。白嘴鸦可不是傻瓜，它知道，有这么多傻小子上钩，这可不是常有的好事。于是，这只白嘴鸦赶紧左一口、右一口地吃起来，它吃了好多。那些"虎口脱险"的小鱼也会记住这次教训，"吃一堑，长一智"，继续生存下去。如果从上面再落下什么东西的话，它们会相互商量，小心从事，提防白嘴鸦这样的坏家伙从上面袭击它们。

# 长脚秧鸡和雌鹌鹑

正值盛夏，无论是夜莺还是杜鹃都不再鸣叫了。不知为什么，长脚秧鸡和雌鹌鹑直到割草和割麦子的时候还在不停地叫着。这个季节，正是自然界中的动物各自忙着孕育下一代的时候，你要是傍晚日落后来到郊外，就会听到长脚秧鸡的尖叫声，好像有谁在高声呼叫牛犊一样：

"哞、哞。"

而紧跟着长脚秧鸡的叫声，会传来雌鹌鹑匆忙而简短的回应声，意思大概是说：

"哎，来了，来了。"

有一次，我问奶奶，雌鹌鹑怎么会明白长脚秧鸡的叫声，为什么长脚秧鸡叫一声"哞"，雌鹌鹑就回答"哎，来了，来了"。于是，奶奶就给我讲了下面这个故事。

有一年春天，一只长脚秧鸡向一只雌鹌鹑求婚，并答应送给雌鹌鹑一头牛犊作聘礼，还许诺说要养一头母牛跟它们好好过日子，这样就有许多香甜的牛奶和酸酸的酸奶油吃。听了这

些话，雌鹌鹑心花怒放，不仅愉快地答应了长脚秧鸡的求婚，还温柔地端出所有的米粒款待长脚秧鸡。可是长脚秧鸡只是想捉弄一下雌鹌鹑而已，并没有打算和它结婚。说来可笑，长脚秧鸡又怎么可能养母牛呢！总之，这只长脚秧鸡是一个腿上没毛、爱捉弄人的家伙。终于，天色暗了下来，雌鹌鹑发现草地上不见了长脚秧鸡。原来，长脚秧鸡此时已经躲到灌木丛中去了，嘴里还故意学着牛叫：

"哞、哞!"

傻乎乎的雌鹌鹑在原地等啊，等啊，它满意极了，心想：长脚秧鸡一定是去给它牵牛了。雌鹌鹑很会持家，尽管它内心欣喜若狂，但高兴归高兴，很多事情还得它亲自去操办。这不，眼下还没有养牛用的牛栏呢。

"哞、哞!"长脚秧鸡又叫了一声。

雌鹌鹑再也坐不住了，它不安起来：

"哎，来了，来了。"

"牛牵来了。"

"还没有牛栏呢。"

"那可没地方放了。"

就这样，从日落到日出，长脚秧鸡不停地戏弄着雌鹌鹑，令雌鹌鹑慌乱不安，彻夜难眠。

# 土豆地里的玛特廖什卡

从前，我们那儿的农村从不雇人放牧，一般都是由孩子们去放牧，而米海依爷爷则坐在小山冈上，一边缝树皮鞋，一边看着孩子们，以免他们不专心放牧，去数天上飞过的乌鸦。

米海依爷爷常常手里一边缝着树皮鞋，心里一边数着过去的日子，一个人陷入沉思。不知不觉中，孩子们背着爷爷开始往一棵叫做"莫斯科"的树上爬去。等爷爷猛地回过神来，抬起头朝这边望时，孩子们都已爬到树上了。他再看了一眼羊群，羊群早已跑散到燕麦地里，马群正在麦浪滚滚的黑麦田里奔跑，牛群在草地上吃着草，肥猪则跑到他的田里拱土豆吃了。

每当这时候，这些闯了祸的小家伙便飞快地从树上滑下来，一下子跑开去，而有时候来不及逃掉，可就得挨米海依爷爷的巴掌了。

有一天，这些小牧人别出心裁，想出了一种新游戏。我们这里有一种非常可爱的小花——洋甘菊，花蕊黄澄澄的像个小

太阳，与花蕊相连的是白色的花瓣，就像无数条白色的光线从小太阳里放射出来，煞是好看。要是把这些白色的"光线"揪得只留下一条，就很像梳着一根小辫子的"神甫"，要是留下两条，就像梳两根小辫子的"神甫"……就这样，有多少人参加游戏，就有多少个梳辫子的"神甫"，其中只有一个没有辫子、光头的"神甫"。然后，每个人在草地上清理出一块空地，放上一口草皮盖的小箱子。小箱子一口挨一口地摆好，有多少人参加就得放多少口小箱子。当小牧人们都找来小箱子后，再从他们中间选出一个领头的来，把手里的"神甫"全交给这个人。这个领头的孩子再分别将"神甫"放进每口箱子里去，这时候大家都得蒙上眼睛，因此，根本不知道自己的"神甫"落到了哪口箱子里。现在开始猜了。每个去猜的人都得事前准备一个小钩子：一般是用瘢疖多的细树条做成。好，游戏开始了，比方说，我第一个猜，而我的"神甫"是梳一根辫子，放在第二口箱子里，而我又确实猜中了的话，那我就有资格将小钩子挂到"莫斯科"最下面的一条树枝上，要是没猜中，就没有资格挂小钩子，小钩子仍然留在我手里。如果第二次我又猜中了的话，那就将我的小钩子向上移一个位置，这样就会越挂越高，而越高就意味着越接近终点。如果有谁很走运的话，他的小钩子就会一次次地升高，犹如向着"莫斯科"的方向进军。升得最快的小钩子后面会跟着许多小钩子，谁升得快一些，那么他相对来讲就会心平气和一些。在这一次的游戏中，一开始领先的是一个叫安冬什卡·卡玛尔的小男孩，落在最后的是小姑娘雷波卡。

然而，局势突然发生了变化。不知怎么搞的，雷波卡竟占

家园的故事丛书

了上风，而安冬什卡·卡玛尔却落到最后了。

游戏继续进行，小钩子不断地向上升着。终于，听到雷波卡在上面喊了一声："我到'莫斯科'了!"

不能再继续挂了，因为树梢上已经没有树枝可挂了。

这时候，米海依爷爷仍独自坐在小山冈上缝着他的树皮鞋，没有看见孩子们已经爬上"莫斯科"了。那头黑白相间的最肥的猪——玛特廖什卡这时早已跑到爷爷的土豆地里拱土豆吃了。这个玛特廖什卡是最淘气的一头猪，只要它到哪儿，所有的猪就会都跟在它的后面，而猪群一走，马、牛、羊也就都跟着走了。雷波卡在树上第一个发现了玛特廖什卡的恶作剧，她大喊了一声：

"快下去，伙伴们，玛特廖什卡又到土豆地里去了!"

孩子们立刻从树上滑下来，赶到玛特廖什卡前边。像平时那样，大家开始处罚玛特廖什卡——他们将玛特廖什卡牵到小河边，头向着河的方向，叫一个孩子爬到猪背上去，然后用一根细树条从后面抽打猪屁股，猪不堪忍受，载着"骑手"向前冲去，结果就掉进小河里了。这个惩罚之所以在小河边进行，就是为了提防猪跑得太远，否则，真不知它会载着我们的"小骑手"跑到哪儿去呢。孩子们一个接一个地按顺序处罚玛特廖什卡。照老规矩，每个人都要轮到一次。雷波卡本应第一个爬到猪背上去，因为她第一个到达"莫斯科"，也是第一个发现玛特廖什卡在土豆地里的，但是孩子们差不多都轮了一圈，猪也累得张大嘴巴时，雷波卡还在后面排队，犹豫着不敢上前。

玛特廖什卡已经被折磨得筋疲力尽了，而米海依爷爷却仍旧一点儿也没有察觉，还坐在那儿沉浸在对往事的回忆里。雷

波卡终于鼓起勇气，坐到了猪背上。这时，那个玩游戏一开始时领先，可后来落到最后的小男孩安东什卡·卡玛尔却同雷波卡开了一个不该开的玩笑。

接下来发生的事都是因他而起的。

这时，玛特廖什卡为了躲避蚊虫的叮咬，正把它的小尾巴藏到了两条腿的内侧，而安东什卡·卡玛尔却硬是拽出它的尾巴，还给它套上了一个桦树皮筒，然后安东什卡·卡玛尔用力掐了一下玛特廖什卡的尾巴尖儿。玛特廖什卡疼得四蹄撒开，奔跑起来，同时，它觉察到了自己尾巴尖上有什么东西晃来晃去，就误以为是那个东西弄痛了自己，便极力想甩开那个东西。此刻，它刚好冲到一个最深的水坑边，于是，猝不及防——"扑通"一声就掉了下去，背上还载着雷波卡。

玛特廖什卡不见了。

"扑通"——又是一声，雷波卡也不见了。

"啊！"孩子们大惊失色。

水面平静下来，荡漾着一圈圈的涟漪，水波中，桦树皮做的圆筒在打着旋。

米海依爷爷仍在缝他的树皮鞋，对这里发生的一切竟一无所知，全身心地投入到对昔日的回忆中。

孩子们吓得说不出话来，一动也不动地站在原地，目光死死地盯着那不断旋转的桦树皮筒。突然，水面上冒出许多气泡，接着又喷出一股水柱，然后露出了猪嘴和猪耳朵，两只前蹄和后背也跟着露出来，上面趴着雷波卡。

"啊！"孩子们快乐地尖叫了一声。

孩子们以为，只要猪一游上岸来，雷波卡就会跳到干爽的

地面上来，但是河水却给玛特廖什卡平添了一些力量——它从水里跳出来后直奔林子而去，雷波卡还没来得及从猪背上跳下来，就随它一起消失在林子里了。

据说，这片林子延伸出去有一百多俄里远。一百俄里也好，不到一百俄里也罢，总而言之是够大的了。越往林子深处走，各种看见过的、没看见过的野兽也就越多，狼、熊、猞猁等，应有尽有，玛特廖什卡带着雷波卡就奔这个林子去了。

小姑娘很快消失在这个黑暗阴森的林子里了，直到这时，米海依爷爷终于停下手中的活，抬起他那花白苍老的头，慢慢地站起身来……老爷爷抬头看了一眼，呆住了：村里的猪都跑到他的土豆地里拱土豆吃，羊群践踏着将近半俄亩的燕麦田，马群为了躲避牛虻而钻进了黑麦田——黑麦很高，从外面只能看见马头在攒动。

愤怒的老人向孩子们冲过去，而孩子们依旧呆呆地站在原地，目光仍没离开河对岸的那片林子。

爷爷慌忙问道：

"哎呀呀，你们这是怎么了，发什么呆呀？"

米海依爷爷用手指着黑麦田里的马群和土豆地里的猪，又看看孩子们。

孩子们仍旧沉默地站在原地，眼睛望着那片林子。

爷爷终于发现——雷波卡不见了，忙问道：

"雷波卡去哪儿了？"

大家仍旧不说话，谁也不敢告诉爷爷眼前发生的事——因为雷波卡是爷爷的宝贝孙女！

这时，米海依爷爷找来一根特别细的小树条，想朝孩子们

打来。这下，安东什卡·卡玛尔只得招了，但他把在玛特廖什卡尾巴上套桦树皮筒，并使劲掐猪尾巴尖儿的情节隐瞒下来，没敢告诉米海依爷爷。

爷爷不再追问了，他飞快地跑回村子找人。村里的男人们立刻奔出来抢救燕麦田、黑麦田和土豆地，然后又飞快地向河对岸的林子跑去。大家进了林子以后，开始分头寻找雷波卡。他们找了整整一夜。第二天，米特罗凡叔叔的肚子已经饿得咕咕叫，太阳也已升得老高了，他看见一件白衬衫被挂在一棵灌木上，便往这棵灌木下一看，只见雷波卡光溜溜地躺在地衣上，甜甜地睡着了——她还知道把湿淋淋的小汗衫挂到灌木上呢。衬衫晾了一夜已经干了。

男人们会合到一处，高高兴兴地向家里走去。唯一让人难过的是那头猪可能被狼吃掉了。等回到家以后，大家悬着的心又放了下来。原来，昨天夜里玛特廖什卡就从林子里跑回它的主人玛特列娜身边了。就在这一天，村里的人聚在一起商量了一会，决定也像别的村子一样，专门雇一个牧人来放牧。从此，这份难做的活再也不会折磨孩子们了。

现在孩子们每天只需做一件事，就是照看一群鹅。

鹅整天都泡在水里，看管它们是件很轻松的事情，孩子们可以放心地去"莫斯科"玩了。

# 红额金翅雀——咕咕

　　莫斯科郊外的索科利尼克住着我的一位朋友,他叫彼得·彼得罗维奇——一位狂热的鸟类爱好者,莫斯科地区首屈一指的鸟类鉴赏专家。在他家里,从窗子那儿拉了一条细绳,一直连着他捕鸟用的网。他家花园里的每一棵树上几乎都挂着一个笼子,里面养着一只叫声极好听的鸟儿。鸟儿们的世界常常是这样的:如果有鸟儿从花园里经过,那么笼子里的鸟儿就会叽叽喳喳地叫着向它打招呼,而后者听到同伴的叫声会就近落到一棵树上停下来。这时,彼得·彼得罗维奇的机会来了,他打开窗,用手抓住系在那儿的绳子,当这只过路鸟儿下来啄撒在网里的米粒时,彼得·彼得罗维奇就会猛地一拉绳子。这个捕鸟用的大网是由两张带框的网做成的——可开可合,像手掌一样能扣住小鸟。彼得·彼得罗维奇把落网的鸟儿放进笼子里,然后就竖起耳朵,仔细听它的叫声。叫得很好听的,他就自己留下来,或者卖给跟他一样喜欢鸟的人;叫得不好听的,他就当场放掉。我和你一样,既听不懂鸟儿的歌声,也不明白捕鸟

人嘴里说的话——他们有自己的行话。

有一次，我在"特鲁巴"① 随便溜达，突然听见一只大桶后面传来一声声高低起伏的鸟叫声，并且随着这鸟叫声，在一个卖鸟的铺子里竟然也传来与之相呼应的同样的叫声。我仔细听了一下，立刻分辨出大桶后面的叫声是人模仿的，而且模仿的不只是一种鸟叫的声音，而是不同调子的鸟叫声。我朝那儿看了一眼，看到我的朋友彼得·彼得罗维奇正躲在大桶的后面。

"你躲在这儿干什么？"我问。

"听鸟叫。"彼得·彼得罗维奇说道，"好像是一只挺不错的黄雀。"

接着他又学着黄雀的叫声吹起哨子来。

小铺子里传来同样的叫声。

"果真是它，"彼得·彼得罗维奇高兴地说，"它刚才的叫声倒很像黄莺。"

他又试了一次，黄雀的叫声果真像黄莺。

我们走上前去，买下了这只黄雀。原来它旁边不仅有一只黄莺，头上还有另外一只鸟。

"当然啦，"彼得·彼得罗维奇说道，"比这更好的黄雀也有……"

我们两个在鸟市上转来转去，仔细地听着、分辨着：有交嘴雀、歪啄雀、红腹灰雀、燕雀、苍头燕雀、黄莺、赤胸朱顶雀、白腰朱顶雀、山雀、煤山雀……

_____

① 猎市，位于莫斯科的特鲁巴广场。

但是，这么多的鸟儿中，就是没碰上我喜欢的那种红额金翅雀，这种鸟儿的羽毛真是出奇的漂亮。后来，有一位鸟商拿出一只质地很差的红额金翅雀给我看，还管它叫"金翅雀——咕咕"……

听完鸟商的话后，彼得·彼得罗维奇笑了，说道：

"老兄，你没听人讲过吗？哎，我告诉你，你最好别对人讲。"

"什么？"

"你的鸟儿头上的那块白斑太大了，有这么大块白斑的鸟儿是不会咕咕叫的。"

"为什么？"

"很简单，"彼得·彼得罗维奇说，"咱们这真正可以叫做'咕咕'的红额金翅雀只有一只，我捉到过，而且我还亲手拔掉了它尾巴上的羽毛……"

这时，周围已经聚集了很多猎人，他们好奇地询问彼得·彼得罗维奇是怎样把"咕咕"尾巴上的羽毛拔掉的。

"你们惩罚我吧，"彼得·彼得罗维奇说道，"想怎么惩罚都行。我确实抓到一只红额金翅雀，是的，我还拔掉了它尾巴上的羽毛。当然，大家都知道，拔鸟尾巴羽毛的事早有先例，并不是只有我才这样干的，很多猎人都干过，他们把不中用的鸟的尾巴羽毛拔下来，这样就容易辨认，不用捉它、喂它，也再不会让其他的人上当。但是，把'咕咕'的尾巴羽毛揪下来——这实在是罪过，该打，该打……去年秋天，我一共捉了29只红额金翅雀，还把它们分别放进笼子里，喂它们，照顾它们，注意它们的一举一动，可是一点收获也没有，到圣诞节，

竟然一只鸟都没叫过。很快，白天变长了，甚至到中午的时候，屋檐上的冰锥都融化了，鸟儿们应该开始鸣叫了，可这些红额金翅雀都默不作声。不久，雪开始融化了，我听到笼子里发出轻微的'叽叽'声，此外就再也没有什么特别的叫声了。复活节的时候，我好像听到一只鸟对着过路的小山雀尖叫了一下，但这之后，无论我怎样竖起耳朵听，它都不再叫一声。就这样，整整一个冬天，我不但没有听见红额金翅雀的'咕咕'声，甚至这 29 只鸟儿中竟没有一只再冲我'叽叽'地叫过。于是，我又把全部的精力投入到鸟儿的饲料上，指望把它们喂好后能有所收获，但也不见起色。因此我觉得，除了揪掉它们尾巴上的羽毛，放飞它们外，再没别的办法了。我来到花园，打算拔掉它们尾巴上的羽毛。那一天天气很好，我心里稍稍觉得有点儿可惜，不舍得拔掉那些羽毛，但我马上又开始怨恨起这些鸟来，同时也不希望别的猎人再捉到它们，白白浪费时间和精力。于是，我抓过一只鸟，拔掉了它尾巴上的羽毛，然后将它放飞了。鸟儿一开始落到我家的一棵梨树上，用嘴巴梳理了一下羽毛后就向邻家的花园飞去。我的邻居万尼亚·沙巴奇卡也像我一样喜欢红额金翅雀，这时他扔出一块石头，将飞到他家花园里的鸟赶走了，因为他看见这只鸟没有尾巴——这就是说这只红额金翅雀被人捉到过，不会叫才被放飞的。就这样，我又放飞了第二只、第三只……一共有 28 只尾巴没有羽毛的红额金翅雀向天空飞去。终于，剩下最后一只了，我又伸过手去拔它尾巴上的羽毛，羽毛很快就被我揪下来了……但是，当这最后一只鸟落到我家的梨树上，用嘴巴梳理羽毛时，它突然叫了起来。我心里一紧，像个木头一样呆呆地站在原

地。这只鸟时而'咕咕'叫，时而'唧唧'叫，时而'叽叽'叫，正是由于它老是'叽叽'叫，我才把它放飞的。我的两膝开始颤抖，接着从脚后跟一直到大腿，再到肚子都在抖个不停，突然，我的嘴里像是灌满了矿泉水一样。这个冬天，我费尽了心思，而最终还是白搭了。我沉默地坐了下来，看着树上的那只小山雀，而这只小山雀此时也开始沉默了。哎，它也叫够了。'叽、叽'，这时，我发现那些被我拔过羽毛的鸟儿们全都从四面八方向这儿飞来。'咕咕'鸟召集着伙伴们，最后一次'叽叽'叫着，抖动着翅膀一起向着万尼亚家的花园飞去。而万尼亚显然没有听见刚才'咕咕'的叫声，只见他拿起一块石头，'啪'的一声，向鸟群扔了过去——鸟儿们飞走了。

"我赶紧翻过万尼亚家的栅栏，喊道：'你打我吧，打我吧，我是一个坏蛋。'一开始，他以为我疯了，但等我将事情的经过告诉他后，他的脸色变得铁青，问道：'你怎么能连续拔掉这么多鸟的尾巴上的羽毛呢？''你不明白，万尼亚……'我嘟囔着，而万尼亚却严厉地说：'不，老兄，我不理解你，还有那些像你一样毫无怜悯心的猎人们。站在鸟儿的立场上考虑，我从不揪鸟尾巴上的羽毛，而你们这些残忍的猎人竟然一下子拔掉了那么多鸟尾巴上的羽毛，过后才发现其中竟还有一只会咕咕叫的鸟。'"

# 长着雪青色脖子的鹅

一天，农庄里的小男孩米沙读了一本介绍各种动物的书，其中有关鸭子的那一篇他特别喜欢。读完后，他脑子一转，想自己写一篇关于鹅的故事。离此地不远就有一个农庄，那儿的小河里总能见到许多鹅在戏水。

"我要尝试一下！"米沙说道。

于是，他沿着绿色的林间小路向鹅群走去。

刚走出不远，农庄庄员奥西普驾着马车从后面赶了上来。

"我想写一篇有关鹅的故事。"米沙对他说道，"你把我捎到小河边吧。"

"上车吧！"奥西普说，"只是别溜号，别把手伸到车栏外，要不树枝会碰伤你的。"

奥西普沉吟了一下，接着说道：

"鹅的故事可多了。我这就给你讲一段发生在小河边上的故事。有一次，一个叫雅可夫的人丢了4只鹅，他的这4只鹅可是有记号的——脖子都是雪青色的。雅可夫是个手脚不干净

的人，他跑到河里随便找了 4 只鹅，赶回自己家的院子里。然后，他折断一只雪青色的墨水笔，倒出墨水做成颜料，涂在鹅的脖子上。就这样，那 4 只别人家的鹅也有了雪青色的脖子。接下来的三天，雅可夫寸步不离地看护着这 4 只鹅，端来水和食物给它们吃，还为它们洗澡。这 4 只鹅也装作习惯了的样子，可一旦雅可夫把它们放到外面，它们就立刻向安娜婶婶家走去。一次，两次……总是这样，鹅一出家门就朝安娜婶婶家走。第三次的时候，人们发现了这异常的情况，于是，安娜家的人便不让雅可夫将鹅再赶回他自己家了。

"'既然鹅总是往安娜婶婶家跑，'村里人议论道，'就是说，这鹅是安娜婶婶家的。'"

"'善良的人们，'雅可夫说，'安娜婶婶家的鹅都是白色的，没有什么记号，而我家的鹅都长着雪青色的脖子。'"

"'怪就怪在这些鹅的脖子又都是雪青色的。'善良的人们犹豫了。最后，大家终于还是放过了雅可夫。"

"就这些？"米沙问道。

"你还想怎样？"奥西普反问道，"这个关于一个聪明的小偷和一群蠢人的故事说明了'狗鱼的存在就是为了不让鲫鱼打盹'。"

"这个故事对我写鹅毫无用处！"米沙失望地说。

米沙觉得奥西普欺骗了他，因此他特别生气，特别激动，竟忘记了奥西普的警告，把手伸到了车栏外面。结果米沙左手的无名指被一棵树刮了一下。

"哎呀，你瞧瞧，幸亏没把整个手都碰伤。"奥西普说道。

奥西普赶紧拉着米沙来到小河边洗了洗受伤的手指，然后

找出一块布条给米沙包扎好伤口，吩咐米沙赶紧回农庄去。

可怜的米沙妈妈！当她看到儿子流血的手指时，她简直吓坏了！幸好农庄的药店里有药水卖，她赶紧去买回来，涂在米沙的伤口处，然后缠上纱布，用一块干净的绷带包好，吩咐米沙躺到床上去。

"不，"米沙抗议道，"我现在就要动手写那篇故事。"

于是，米沙就把他在奥西普那儿听来的故事讲给了妈妈听。

"就这些，"米沙说，"但是，难道这种丑恶的行为也能写吗？我要写一些正面的事情。"

"对的，"妈妈很支持他，"我们这儿的蠢人够多的了，不要再写这些事了。如果你要写就写一些美好的事情吧！我躺一会儿，过一会儿叫醒我，半夜我得给你换药。"

米沙忘记了疼痛，一直坐在那儿写呀，写呀。终于写完了，但他却没有去叫醒妈妈。他满意地微笑着，自己换下纱布，却错将一个没有受伤的指头缠上绷带，然后沉沉地睡了。

"你的文章写完了吗？"早晨，妈妈问他。

"写完了，"米沙回答道，"我写了我该写的东西，不像奥西普讲的那样。我把我改写的故事读给你听听。"

"既然鹅总是往安娜婶婶家跑，就是说，这鹅是安娜婶婶家的。"村里人议论着。

"善良的人们，"雅可夫说，"安娜婶婶家的鹅全是白色的，没有什么记号，而我家的鹅都长着雪青色的脖子。"

"怪就怪在这些鹅的脖子又都是雪青色的。"善良的人们说。于是，人们打算放过雅可夫了。就在这时，从远处的小河

里突然冒出 4 只鹅来。这些鹅脖子黑乎乎的。等鹅游近了，人们才看清原来这 4 只神秘的鹅也长着雪青色的脖子。只见这 4 只鹅高傲地昂着头走上岸来，抖落身上的水，定了定神，然后伸长脖子，径直向雅可夫家走去。

雅可夫呆呆地放下手中的树条，此时安娜婶婶家的那 4 只鹅也同样高傲地伸长雪青色的脖子，向它们的女主人家走去。真相终于大白了。"小偷！小偷！小偷！"农庄里的人喊了起来。于是，人们将小偷赶出了农庄，从此以后，农庄里再也没有人敢偷东西了。

"就应该这样写！"米沙骄傲地说，"而奥西普却说什么狗鱼的存在就是为了不让鲫鱼打盹。"

然而，妈妈却没有听清米沙故事的结局——她一直惊慌不安地看着米沙受伤的手指。米沙无名指上的指甲可怕极了，已经完全变成黑色的了，从指甲下面还渗出血来，而好端端的食指却被密密麻麻地缠上了绷带。

米沙写故事的时候高兴得忘乎所以，绷带没有缠到受伤的无名指上，却缠到了食指上。

米沙就这样写出了他的第一篇故事。

# 动物妈妈

　　紫貂是一种体态比猫还小的兽类，这种野兽只在我们西伯利亚的原始森林里才有。古时候，紫貂皮就是钱，像金子一样，可以换各种商品。即便是现在，紫貂的皮毛也是世界上最珍贵的皮毛之一，因此猎人们不顾一切地去捕杀这种动物，根本不考虑后果。现在，即使在遥远的勘察加半岛上，紫貂也开始绝迹，或许这种动物很快就会从地球上彻底消失了。在不久的将来，就像许多其他动物一样，我们也许只能在博物馆里凭着标本来了解紫貂了。

　　幸运的是，当今的科学已成功地挽救了这一局面——人们开始人工繁殖紫貂。现在，位于莫斯科郊区的普希金养殖场已经在养殖紫貂，并且养殖的数量在成百上千地增加着。

　　无论在索洛维克养殖场或普希金养殖场，还是在乌拉尔养殖场，我一直都饶有兴趣地观察着紫貂的生活习性。最令我感兴趣的就是它们残忍的本性和柔软的外表。这个小东西完全应了那句谚语："铺得软软的，躺上去却硬硬的。"

一天，我在索洛维克养殖场参观，正巧赶上饲养员在喂紫貂。我对养殖场的负责人——一位养兽专家说道：

"要是紫貂再大一些，哪怕有老虎的一半大，再加上它们凶残的本性，会把所有的老虎像吃家兔一样吃光的。"

这位养兽专家回答说：

"是的，紫貂的确是一种残忍的兽类，但我们养殖场里却发生过一件极不寻常的事，这件事向我们证明：即使是这样凶残的野兽，在生活中也常常会表现出对其他动物友善温柔的一面。"

于是，他给我讲了下面这个真实而又不同寻常的故事。

这件事发生在索洛维克养殖场，大概是 1929 年吧。当时养殖场里有一只年龄很大、但很漂亮的雌性紫貂叫穆霞，那时它快生产了，养殖场里的工作人员都很紧张。

这种时候，怎么能不紧张呢？

年纪大的雌性紫貂在生产时，要消耗许多能量，也许它会把全部的力气都耗在这一次，然后再渐渐地死去，这是常有的事。人们在旁边观看和准备应急时采取的一些辅助措施，这在紫貂生产时是绝不允许的，因为紫貂不能忍受有旁人看它生产。

于是，人们想出了一个办法：在紫貂的笼子外放一个麦克风，这样，从笼子里传出来的声音就可以清晰地传进养兽专家的办公室里，像舞台上的声音传到各家各户一样。

在养兽专家的书桌前放了一台扬声器，当紫貂生产那天到来时，养兽专家就坐在桌子后面仔细分析形势的变化。

夜里 11 点，从穆霞的笼子里传出第一声呻吟。就在这一

时刻，从另一间屋子里跑出来一些专门给别的动物喂奶的"奶妈"——狗和猫，它们焦躁不安而又警觉地竖起耳朵听着。在养殖场里，这些狗和猫生下幼崽后就母子分离，而"母亲"刚生下孩子后会有许多奶水，由于孩子不在身边，奶水使它们的乳房胀得难受，因此"母亲"就非常渴望能被吸出体内的奶水，哪怕喂给别的动物吃也不在乎。养殖场里狗妈妈的奶水一般是喂给小狐狸吃，而猫妈妈则把奶水喂到紫貂嘴里去。此刻，几只狗妈妈和猫妈妈正悄悄地走进养兽专家的房间，竖起耳朵，静静地趴到扬声器前面听着。过了一夜，直到第二天早晨8点，所有急待出让奶水的"奶妈"们都一动不动地守在原地，仔细听着。穆霞一直不停地舔着它的新生儿，刚出世的紫貂崽则一直叫个不停。

养兽专家一边分辨着每一个声音，一边在本子上记录着什么。

生产很顺利，穆霞平安无事，但那刚生下来的4只小紫貂却没能存活。刚生完孩子的穆霞身体极其虚弱，这让工作人员放心不下，于是大家就抓来一些家兔崽儿喂给它吃。

过了相当长一段时间后，穆霞的身体渐渐康复，能吃一些新鲜的马肉拌米饭了，情绪也一天天地好起来。就在这时，工作人员发现穆霞一直有奶水。于是，他们把这件奇怪的事情告诉了养兽专家。养兽专家非常肯定地认为，既然这么长时间穆霞都有奶水，这就是说，它一定在喂奶。也许是工作人员在扔掉那4只死貂崽的时候，漏掉了一只，而穆霞则把那第五只貂崽藏到垫子下面了。工作人员打开笼子盖，惊奇地发现，穆霞喂奶的对象不是小貂，而是一只小兔子，而且那只小兔子已经

长得好大了。但是，那么多被穆霞吃掉的兔崽中，为什么它单单选定这一只来喂——这真是一个谜。也许是在穆霞吃其他兔崽时，这个幸运儿能抓住机会吃到它的奶水吧。就这样，秉性凶残的紫貂喂养大了一只啮齿类动物——家兔。

后来，我问过许多研究大自然的科学家：怎么会发生这样的事呢？又是怎样发生的呢？

所有的人都耸了耸肩，回答我说：

"的确，紫貂是一种可怕而凶猛的野兽，索洛维克养殖场里发生的事情确实是不常见的，这也说明一个问题，就是：即便如此可怕的猛兽，面对弱小的动物，有时也会变得温柔起来。"

# 黑桃皇后

当母鸡奋不顾身地扑过来保护自己孩子的时候，它是不可战胜的。就拿我的那条狗——特鲁巴奇来说，这个跑得飞快、善于与别的动物——哪怕是凶狠的狼打架的小狗，只要它冲小鸡稍一蹙眉头，有侵犯的念头，这时，即便是一只普通的母鸡，也会把它震慑住。特鲁巴奇只好夹起尾巴，乖乖地跑回自己的窝里去。

我家有只抱窝的母鸡，它的嘴尖尖的，头上的鸡冠像扑克牌中的黑桃，并且它在保护自己的孩子时，表现出非凡的勇猛，鉴于上述原因，我们给它起了一个外号——黑桃皇后。每年春天，我们都把黑桃皇后抱到野鸭蛋上（打猎时捡的），它会很听话地趴在上面孵蛋，并且像照顾小鸡崽一样，替我们看护刚出生的小鸭子。

但今年却发生了一件意想不到的事情。由于我们粗心，刚出生不久的小鸭子跑到外面冰冷的露水地上，结果肚子着了凉，除了一只活下来外，其他的全都死了。过了不久，我们发

现，今年黑桃皇后的脾气要比往年暴躁一百倍。

怎么会这样呢？

我觉得，这并不是由于母鸡发现孵出的是小鸭子而非小鸡才觉得委屈的。既然它看都没看就趴在蛋上，那么它就应该坚持下来，孵出孩子，然后照顾它们长大，保护它们不受侵犯。它不应该产生任何怀疑的念头——这个刚出生的小家伙是我的亲骨肉吗？

不是这样的。我认为黑桃皇后在这一年春天生气的原因不是由于受了蒙骗，而是由于小鸭子的不慎死亡——它特别操心那只唯一活下来的小鸭子，这一点谁都看得出来。如果只有一个孩子的话，那么任何做父母的都会格外操心和挂念的。

唉，我可怜的戈拉什卡！

戈拉什卡是一只白嘴鸦，翅膀断了后跑到我家的菜园子里，渐渐地也习惯了没有翅膀、不能飞翔的可怕日子。每天只要我喊一声"戈拉什卡"，它就会应声跑到我跟前来。突然有一天，正巧我不在家，黑桃皇后不知怎么竟然怀疑戈拉什卡想侵犯它的小鸭子。于是，它就把戈拉什卡赶出了菜园子，从此，这只乖巧可怜的白嘴鸦便再也不到我这儿来了。

白嘴鸦算什么，就连我那条温和老实的老猎狗拉达，每天都趴在门口向外窥视，趁母鸡不注意，才敢跑到外面去溜达。而能跟狼群搏斗的特鲁巴奇就更别提了！在没有确定那只黑母鸡是否在附近，是否有危险时，它是绝不敢从窝里出来的。

又说到狗了——在这方面我还是挺能干的！就在前几天，我还从家里带着一条六个月的小狗崽特拉夫卡去散步。我们刚拐过烘麦子用的烘干房，就看见有一只小鸭子站在眼前。尽管

黑母鸡没在附近，但我仍然觉得黑母鸡会啄伤我那可爱的特拉夫卡漂亮的小眼睛，惊恐之余，我拉着小狗抬脚就跑，之后还莫名地高兴了一阵子——这你是可想而知的——我高兴的是小狗从黑母鸡身边脱险了！

去年也发生过黑母鸡一生气就欺负特鲁巴奇的不幸事件。那时我们常在草地上割草，那是一个凉爽的、洒满月光的夜晚，当时，我突然想遛遛我的特鲁巴奇，放它到林子里去追追小狐狸或者兔子什么的。于是，在茂密的云杉林里，在两条绿色的林间小路的交叉处，我解开了系在特鲁巴奇脖子上的绳子。只见它一下子钻进了灌木丛，紧接着跑出来一只小灰兔，特鲁巴奇"汪"地大叫了一声，沿着绿色的小路追起兔子来。这个季节不是打猎的季节，我没有带猎枪，本来是打算趁此机会好好享受一下这美好的夜色的。但是，突然，在林子附近，特鲁巴奇丢失了追踪的"猎物"，它停了下来，不一会儿，特鲁巴奇很窘迫地回来了。它耷拉着尾巴，身上浅色的花斑上可以见到一滴滴的鲜血。

大家都知道，在田里随处可以抓到羊的季节，狼是不会对狗感兴趣的。那么，如果不是狼咬的，那么又会是谁令特鲁巴奇浑身是血，又如此难为情呢？

我脑子里浮现出一幅滑稽的画面：世上的兔子都是胆小怕事的，唯一就有那么一只天不怕地不怕的家伙，它一向以勇敢著称，因此见到狗过来了，觉得要是逃开的话会很没面子的。"还不如让我去死呢！"——小兔子想了一会儿，终于下定决心，鼓起勇气，转过头，径直向特鲁巴奇冲了过来。当体态比兔子大得多的狗看见兔子直冲过来的时候，竟吓得掉头就跑。

它吓得跑呀跑呀，背上被茂密的树丛刺出了血。就这样，小兔子将特鲁巴奇一直赶到我这儿来了。

但是，这可能吗？

绝不可能！

我曾经认识一个胆小如鼠的人。一次，有人欺负了他，他特别难受，终于一怒之下挺身站起来，瞬间打败了他的敌人。但是……那是人，兔子是不会这样的。

沿着那条特鲁巴奇追捕灰兔的林间小路，我一路走去，穿过林子来到草地上，突然看见一群割草的人正大笑着，热热闹闹地谈论着什么。他们一看见我，就叫我过去——一般是这样的，一个人心里装了一肚子的心事，就一定要找人诉说一下，否则会憋死的。

"哎呀，这太不可思议了！"

"什么事？快说呀！"

"哎呀呀！"

众人七嘴八舌，你一言我一语说个没完，虽然都在讲着同一件事，但却让你怎么也听不明白他们在说什么。从他们的嘈杂声中，只有一句话我听清了：

"哎呀，这真不可思议！"

最后，我终于还是搞清楚了事情的原委：灰兔子从林子里逃出来后，便朝着谷物烘干房的方向奔去，它身后紧跟着"汪汪"叫个不停的特鲁巴奇。要是没有阻碍的话，特鲁巴奇一般连老兔子（由英国兔子和俄国兔子相配生出来的强壮善跑的兔种）也能追得上，而此刻追这种小兔子更是不费吹灰之力了。灰兔子一般都喜欢在林子附近、柴秸垛或谷物烘干房周围藏

身，躲避猎犬的追击。特鲁巴奇终于在烘干房附近追上了灰兔子，割草的人们看见，在烘干房的拐角处，特鲁巴奇张开大嘴，就要咬住小兔子了……

割草的人们亲眼目睹了下面的事：

就在特鲁巴奇刚要张嘴咬灰兔时，突然，从烘干房里跑出了大块头的黑桃皇后，直朝特鲁巴奇冲来——眨眼间就来到特鲁巴奇眼前。特鲁巴奇吓得惊慌失措，赶紧掉转身往回跑。黑桃皇后并没有放过它，紧追其后，还用嘴一个劲地啄特鲁巴奇的后背。

这太不可思议了！

就这样，特鲁巴奇浑身是血地跑了回来。瞧，一只平常的黑母鸡竟把猎狗啄得遍体鳞伤。

# 吃蜂蜜的貂

有一次，我要到林子里弄一小桶稠李。在第三十一林班我找到了一棵稠李树，旁边还有一棵被剥去一块树皮的云杉。这棵云杉树下有一些死去的鸟儿、鸟的羽毛、灰鼠皮和兽毛。

我朝树上望了一眼，看见一个专门捉蜜蜂用的蜂箱挂在树上，箱子上还蹲着一只貂，貂的嘴里衔着一只鸟儿。

夏季，皮毛卖不出好价钱，因此我对貂不感兴趣。

我对貂说道："好吧，好吃懒做的家伙，你就与家里人好好过日子吧，我不会伤害你的。"

听了我的这些话后，貂一下子窜到另一棵树上不见了。我爬上树，朝貂的窝里看了一眼，于是，貂所干的罪恶勾当便一目了然了：这只箱子本来是人们捉蜜蜂用的，时间一长，就被遗忘在此地了。曾经有一大群蜜蜂飞来，在这儿安过家，还酿出好多蜂蜜。冬天的时候，蜜蜂们在此地冬眠。貂来了，从箱子底下打了一个洞，冷气直冲到箱子上面去，而貂却从下面偷

吃蜂蜜。当严寒快冻坏蜜蜂时，貂也吃光了蜂蜜，走了。

夏天，松鼠来了，看中了这只蜂箱，并筑起了自己的巢。到了秋天，松鼠弄来一些苔藓，把巢穴清扫干净，安顿了下来，打算在此生活了。这时，貂又来了，它吃掉了松鼠，并在松鼠温暖的小巢里开始过上养尊处优的日子，而且把家也搬了过来。

在蜜蜂、松鼠、貂之后来到这里的是我。当时窝里有4只小貂，我把小家伙抓到裙里带回家，放到地窖里养了起来。大概过了两天左右，从地窖口那儿散发出一股难闻的貂臭味，家里的女人们开始埋怨我。不久，房间里也充满了这种臭味，让人难以忍受。我家的花园里有一个小仓库，于是，我就将这个小库房打了很多个小洞，把貂搬到了这里。整个夏天，我都在照料它们，抓了很多的鸟儿来喂它们，它们也很乐意吃。小貂的品性并不凶狠，尽管它们会为争夺食物而打架，但不久就会和好如初，挤成一团，睡在一起。

一天夜里，有人毁坏了我的小库房，我却一点儿也没有察觉。早晨，邻居跑来告诉我：

"快去看看吧，米哈依洛维奇，你家的貂都爬到苹果树上了。"

我急忙跑出家门，这时，小貂们已经从苹果树上爬到木柴垛上，又从木柴垛上爬到房檐下，穿过院子，跑到林子里去了。

4只小貂就这样失踪了。

冬天来了，地上落了很厚的雪，貂在村子和森林之间来回

走动的痕迹清晰可辨。

　　很快，我就打到 3 只貂卖了，而第四只貂，大概在棚子倒塌的时候，被小偷偷走了吧。

# 森林里的"楼层"

在森林里，鸟类和小野兽们都有自己居住的"楼层"：小老鼠住在树根里，在最底层；各种各样的小鸟，像夜莺之类，就在地上筑自己的小巢；鸫的巢略微高一些，在灌木丛里；栖息在树上的鸟类，如啄木鸟、小山雀、猫头鹰，它们在树干的不同高度筑巢；而在最高层落户的是一些猛禽，比如鹞和鹰。

有一次在森林里，我发现兽类和鸟类居住的"楼层"并不像我们住高楼大厦那样，可以经常更换楼层，在森林里，每一种动物都必须住在自己的"楼层"上。

这一次我们出去打猎，来到一片因白桦树死去而空出来的林中空地上。白桦树长到一定年龄就要枯萎，这是自然规律。其他种类的树枯萎以后，树皮落到地上，裸露着的木质很快腐烂，整棵树也就倒了。而白桦树皮——这种多树脂的树皮从外表看是白色的，且不掉落，因此死去的白桦树长时间地立在那儿，像活着一样。即便整棵树腐朽了，木质因失去水分而变成了木渣，但从表面看来，白色的白桦树仍旧像活着一样立在那

儿。尽管它立在那儿，但只要轻轻推一下这棵树，它就会一下子分裂成无数沉重的小块而倒下去。推倒这种树是一件既快乐又很危险的事——如果不及时躲开的话，分裂开来的木块会狠狠地砸在你的头上。但我们猎人碰到这样的白桦树一棵接一棵地倒下，却并不觉得怎么害怕。

正当我们来到一个生长过这种白桦树的林中空地时，一棵白桦树倒了下来。白桦树在空中分裂成很多块，其中的一块上面还留着一个有麻雀窝的树洞。树倒下来时，小雏雀们并没有受多大的苦，只是同自己的小窝一起从树洞里跌了出来。刚长出一点羽毛的雏雀，张开红色大嘴，把我们当作了它们的父母亲，吱吱叫着，想让我们喂它们小虫子吃。我们挖开土，找到小虫子，给小雏雀们吃。它们吃着、吞着，又吱吱地叫着。

很快，小雏雀们的父母飞回来了。这是一对长有白色的丰满面颊的山雀，它们嘴里叼着小虫子，落在旁边的两棵树上。

"亲爱的，你们好。"我们对山雀说，"发生了不幸的事，我们也不希望这样。"

山雀没有回答我们，也许是因为它们还没明白发生了什么事——树不见了，它们的孩子也不知到哪儿去了。

但它们丝毫不害怕我们，只是非常不安地在树枝间飞来飞去。

"你们的孩子在这儿！"我们把地上的窝指给山雀看，"它们就在这儿，仔细听着，它们在吱吱叫，它们在叫你们呢。"

山雀什么也没听见，一直不安地奔忙着，却不想飞下来，超越自己的"楼层"半步。

"大概，"我们相互议论着，"它们是怕我们吧？咱们躲起

家园的故事丛书

来吧。"

于是，我们躲了起来。

可完全不是那么回事！雏雀在地上吱吱叫着，双亲也飞来飞去吱吱叫着，但就是不落下来。

这时，我们明白了，鸟类不像我们人类住在高楼大厦里那样，它们不能改变自己居住的"楼层"，所以现在山雀才会认为整个"楼层"和它们的雏雀一起消失了。

"哎，"我的同伴说，"这两个笨蛋真是既可怜又可笑。它们怎么就看不见地上这些可爱的、长着翅膀的小东西？"

接着，我们把旁边一棵还活着的白桦树的树枝折断，把有鸟窝的大木块放到那棵树上，正好跟被破坏的那个"楼层"一样高。

我们躲起来观察——没过几分钟，就看到山雀和它们的孩子们团聚了。